Projekt: Karl May

Heiterer Abenteuerroman nicht nur für Camper und Karl May Fans...

von Johann Hohetann

Impressum:

Herstellung und Verlag: Books on Demand GmbH, Norderstedt

ISBN Nr: 978-3-7526-9004-0

Vorwort:

Wenn sich gleich mehrere Karl May Fans, die im besten Mannesalter sind, per Zufall in Andalusien, im wärmsten Teil Spaniens, auf einem „Country & Western" Stellplatz mit ihren Wohnmobilen treffen, da alle das Ziel einer Überwinterung vor den kalten Monaten in Deutschland haben, wird plötzlich ein langgehegter Kindheitstraum in ihren Köpfen gesponnen:

Ein eigener Low Budget Film mit den originalen Karl May Figuren, die sie seit ihrer Kindheit begleitet haben.

Da Tabernas, die weltberühmte Westernstadt nur wenige Kilometer entfernt ist, scheint das Vorhaben langsam Gestalt anzunehmen...

Viel Freude beim Lesen, schmunzeln und wiedererkennen, der Helden der Kindheit, die zum Teil so schrullig und einzigartig waren, dass nur Karl May sie zum Leben erwecken konnte...

Inhaltsverzeichnis:

Die Ankunft:

„Mannomann, ist das einsam gelegen," schimpfte Fred Müllers, als er nur noch wenige Kilometer vom anvisierten Wohnmobil-Stellplatz „Country & Western Paradise" entfernt war.

Er war zusammen mit seinem alten Schulfreund Hans Dreckelnburg seit einigen Tagen mit ihrem alten Wohnmobil unterwegs, um im sonnigen Süden von Andalusien, in Spanien, den Winter zu verbringen. Hans hinkte etwas und Fred war die Kälte in Deutschland jedes Jahr mehr in die Knochen gekrochen, wie er es nannte und da beide Wittwer waren und schon seit drei Jahren an dem alten Wohnmobil herumschraubten, bis es endlich wieder eine TÜV Abnahme bekommen hatte, reifte in ihnen die Idee, doch dieses Jahr in Spanien zu überwintern. Beide waren mittlerweile Rentner und beschlossen, abwechselnd auf der langen Fahrt am Steuer zu sitzen.

„Wieviele Kilometer sind es denn noch bis zum Stellplatz, Freddy?" fragte ihn Hans.

„Ich denke etwa 5 km, Hansi, wenn das Navi nicht spinnt."

Hans nickte und biss noch einmal in seine „Stulle", wie er das belegte Brot nannte.

Einige Minuten später hatten sie den Eingang zum Stellplatz gefunden.

„Oh, noch keine Schranken hier," stelle Hans überrascht fest.

„Klar, der Platz ist noch recht neu, hat aber einiges für Country & Western Fans zu bieten, stand im Internet."

Fred sagte das mit stoischer Ruhe.

„Welcome, Guys," begrüßte sie ein etwa 50-jähriger Mann, der trotz der immer noch ansprechenden Wärme eine Kleidung trug, die eher an einen Westmann erinnerte, als einen Betreiber eines Stellplatzes im sonnigen Andalusien.

Fred und Hans grinsten jetzt! Sie wussten, dass auf diesem Platz überwiegend englisch und deutsch gesprochen wurde, denn das stand so ausdrücklich auch auf der Homepage der Betreiber.

Hans hatte die Zündung im Wohnmobil ausgeschaltet und der Motor erstarb.

Beide Freunde stiegen aus und begrüßten nacheinander den Betreiber des Platzes per Handschlag.

„Well, you're late, Guys," sprach er die beiden Neuankömmlinge an.

„Wir haben uns verfahren...äh, wie heißt das denn auf englisch, Freddy?" fragte Hans seinen Kumpel.

„Oh, isch verstehe die deutsche Schprache ganz gut, da meine Vorfahren Deutsche sind," sagte der Betreiber des Platzes.

„Ja, wir haben so etwas erhofft, denn auf der homepage stand ja auch deutsch als Sprache mit drauf.

„Isch heiße Paul Deutschendorfer und bin proud, äh, stolz auf meine deutschen Roots, äh wie sagt, man?"

„Wurzeln," antwortete im Hintergrund eine andere Stimme.

„Ah, ein deutscher Landsmann, wie ich höre," nahm Hans das Gespräch auf.

„In der Tat," antwortete der kleingewachsene und etwas übergewichtige Mann.

„Ich bin der Tobi," sagte er und hielt den beiden Neuankömmlingen die ausgestreckte Hand hin.

„Angenehm," meinte Hans und ergriff sie.

„Wir sind Hans und Fred und wollen in Andalusien überwintern. Die meisten Plätze sind schon ausgebucht, aber hier war noch einiges frei und dass man deutsch spricht, hat uns auch angesprochen und natürlich Country und Western… Als alte Karl May Fans…" meinte Fred grinsend.

„Wow! Ich bin auch ein alter Karl May Leser und habe so einiges an Dingen im Laufe der vielen Jahre zusammengetragen, dass ich mit Fug und Recht sagen kann, dass ich ein alter Fan der ersten Stunde bin."

Die Camper schauten sich an. Die Wahrscheinlichkeit, auf einem Stellplatz in Andalusien auf einen weiteren Karl May Fan zu stoßen, war doch sehr gering. Obwohl…. „Country und Western Paradies" kann natürlich auch solche speziellen Freunde der Western-Literatur anziehen.

„Ach, da bin ich nicht der Einzige hier," lachte Tobi plötzlich auf.

„Der Johann und seine Familie, die hier ebenfalls überwintern, sind ähnlich gestrickt."

„Sounds!" durchfuhr es da Fred plötzlich!

„Entschuldigt, den plötzlichen lauten Ton, aber ich bin sehr überrascht!"

Paul, der Platzbetreiber, hatte amüsiert zugehört und meinte nun: „Well, Leute, isch zeig eusch euren Stellplatz und dann könnt ihr weiter über den Winnitu oder wie der genau heißt palavern, gut?"

Fred und Hans nickten und Paul zeigte ihnen den Stellplatz. Überall standen diese wunderbaren Hanfpalmen, die man in vielen südlichen Ländern sieht und die ein Urlaubsfeeling bei vielen Menschen hervorrufen.

„Schade, dass es schon bald dämmert," meinte Fred zu Paul.

„Das ist keine Problemm, „antwortete dieser mit einem süffisanten Lächeln.

„Wir treffen uns jede Abend in meine wunderbare Saloon und meine liebe Frau Jenny kocht ganz ausgezeichnet und einmal die Woche gibt es eine Barbecue oder wir grillen outside auf die Platz, wo eine erlaubte Feuerstelle ist."

„Das hört sich doch prima an," meinte Fred.

„Gibt es deutsches Bier?" hakte Fred dann noch nach.

„Nein, aber Guinness habe ich und naturlisch als Amerikaner auch Bud, also Budweiser Bier."

„Well done, guys," sagte Paul und die Männer folgten ihm in den Saloon.

Erstes Kennenlernen:

Der Saloon war so weit es möglich schien, so angelegt, wie man es aus Wildwestfilmen kannte. Sehr rustikal und einfach, aber doch gemütlich.

Sogar ein altes Klavier stand als Deko-Objekt in einer Ecke.

Im Hintergrund – etwas versteckt – war eine alte Jukebox aus den USA und Paul meinte nur, als Hans ziemlich verliebt darauf schaute: „Well, diese ist eine von meine Mitbringsel, sagt man glaub isch, was isch mit in dieses Land gebracht habe. Sie passt nicht ganz zu dem Western-Style, aber ich kann damit wunderbare Country und Westernmusik abspielen.“

„Ist sie mit Vinyl-Singles gefüllt oder mit CDs?“ fragte Fred dann.

„Natürlich mit guten alten 45ern, also Vinyl.“

Fred nickte und schaute sich den Saloon genau an.

An einem Tisch saßen vier Personen, die dort eigentlich nicht hingehörten.

„Das sind Johann und seine Familie,“ meinte Paul. „Die überwintern hier auch, da beide Kinder in Deutschland krank sind und die gute Luft hier ihnen guttut. Da beide Kinder volljährig sind, ist das auch rechtlich machbar.“

Johann hatte mitbekommen, dass man über sie sprach und kam auf die kleine Gruppe zu.

„Hi, ich bin Johann," stellte er sich vor.

Fred und Hans erwiderten die Grüße.

„Bist du auch Karl May Leser?" fragte dann Hans.

„In der Tat, bin ich das. Ich habe sogar alle Bücher immer dabei. Auf meiner separaten Festplatte," antworte Johann und grinste übers ganze Gesicht.

„Sozusagen im pdf Format?" fragte jetzt Fred.

„Ja, aber mein Sohn Philipp kann die auch in andere lesbare Formate umwandeln. Der ist ein Technik-Genie am Computer."

In dem Moment kam ein weiterer Camper in den Saloon. Er fiel sofort auf, da er scheinbar aus einem John Wayne Western entsprungen schien.

Fred und Hans staunten nicht schlecht!

„Das ist Heri, unser total durchgeknallter Westernfan. Er trägt immer irgendwelche Westernklamotten. Der hat tonnenweise davon in seinem riesigen 9 Meter langen Womo-Schlachtschiff dabei."

„Krass!" entfuhr es Hans danach.

Heri, wie er genannt wurde, kam auf die Neuankömmlinge zu und stellte sich als Heribert Schohngang vor.

„Wollen wir uns an den großen Tisch da setzen und einige Worte wechseln, Leute?" fragte Hans in die Runde.

„Gerne," meinte Heribert und auch die anderen nickten.

„Eine Runde Guinness," bestellte Tobias bei der Wirtin Jenny, die schon zu ihnen herübergeschaut hatte. Sie nickte, als die Bestellung vernommen hatte.

„Ich trinke keinen Alkohol, Heri, weißt du doch," meinte Johann.

„Richtig."

„Ein Malzbier für Johann," rief er Jenny zu.

Einige Minuten später wurden die bestellten Getränke geliefert und die Camper prosteten sich gegenseitig zu und nahmen herzhafte Schlucke der kühlen Getränke.

Es stellte sich heraus, dass alle fünf Camper nicht nur Karl May kannten, sondern auch jetzt noch im besten Mannesalter diese Bücher und Filme liebten und auch noch hin und wieder lasen oder auf DVD schauten.

„In der Tat, eine ungewöhnliche Zusammenkunft – hier in Old Spain," meinte Hans und lachte.

„Wo du gerade Old Spain sagtest, mein lieber Hans, denke ich natürlich automatisch an Old Shatterhand, Old Surehand oder Old Firehand, was meinst du dazu, Heribert, altes Coon?"

Alle mussten unwillkürlich lachen!

Der Ausspruch, „was meinst du dazu, altes Coon?" ist natürlich jedem Karl May Leser bekannt, der die Romane, die im „Wilden Westen" spielen mit der Atemluft sozusagen, aufgesaugt hatten.

„Du meinst sicherlich Dick Hammerdull und seinen Freund Pitt Holbers, die „verkehrten Toasts", gell? fragte Hans.

„So ist es, wenn ich mich nicht irre, hihihihihi!"

Alle mussten über die schlagfertige Reaktion von Johann lachen, der diesen berühmten Ausspruch von Sam Hawkens in den Raum warf.

„Leute, wir sind ja gut drauf, kann ein lustiger Abend werden," sagte Fred und grinste dabei, wobei er zeigte, dass ihm schon einige Zähne fehlten.

„Alter, mit dem Gebiss kannst du in jedem Western mitspielen. Unrasiert biste auch schon und eine zottelige Mähne hast du ebenso."

Die Camper schauten sich um, wer denn da so dreist war, diese Sätze in den Raum zu werfen.

„War klar! Peter Peces, unser Kasper hier..." meinte Heri und schüttelte den Kopf.

„Ich bin Wortakrobat und Dichter," meinte der Angesprochene.

„Ihr palavert über den guten alten Charley M?"

„In der Tat und über seine lustigen Gestalten, die uns beim Lesen so viel Freude gemacht haben," antwortete Tobias.

„Ich bin auch ein Karl May Anhänger... in der Tat... so ist es... auch wenn ihr mich sonst eher über Goethe und Schiller philosophieren hört."

Konnte es denn sein? Sechs Männer aus Deutschland – die gemeinsam über Karl May sprachen, lachten und vielleicht sogar philosophierten?

„Nimm Platz Peter, oder soll ich sagen, Pitt Holbers, altes Coon?" nahm Heribert den alten Spruch wieder auf. Auch dieses Mal wurde laut gelacht.

„Habt ihr noch mehr Sprüche aus den guten alten Karl May Büchern parat?" fragte jetzt Johann in die Runde.

„Das erinnert mich an Sebastian Melchior Pampel," sagte Hans und versuchte dabei eine Fistelstimme hinzubekommen.

„Aaaah!" rief Hans beglückt! „Da ahmst Tante Droll nach. Wunderbar!"

Die Anwesenden lachten vergnügt!

„Ja, die gute alte Tante Droll!" Johann war entzückt! „Ich habe sehr gerne ihre Rolle in den Büchern gelesen. Wenn „sie", verzeiht mir die Formulierung, also, wenn er dabei war, hab ich immer schmunzeln müssen und versucht Seine bzw. ihre Fistelstimme nachzumachen."

„Ja, und was sie immer für schräge Klamotten getragen hat. Fast so, als hätte sie aus Not ausrangierte Mode der holden Weiblichkeit anziehen müssen…"

Alle lachten los.

„Wisst ihr noch, wo die gute alte Tante Droll dabei war?" warf Hans in die Runde.

„Du meinst, in welche Geschichten oder Büchern?" fragte Tobi nach.

„Egal," meinte Hans. „Wo war dieser wunderbare Westmann dabei?"

„Also, meiner Meinung nach, beim legendären „Schatz im Silbersee", den ich mehrfach gelesen habe, so ziemlich alle Hörspiele von habe und auch die Verfilmung einige Male gesehen habe, dann natürlich beim „schwarzen Mustang" und beim „Ölprinz" natürlich. Da hat mir die Verfilmung nicht so gut gefallen, wisst ihr?"

Johann hatte zu Ende geredet.

„Warum hat dir „der Ölprinz" denn nicht gefallen?

„Hmmmh, vielleicht, weil das Buch um so vieles besser war... und weil meiner geliebter Old Shatterhand durch Old Surehand ersetzt wurde und der Film nur sehr wenig mit dem Buch zu tun hatte," meine Johann und schaute etwas traurig.

„Aber Heinz Erhardt, mein Lieblingskomiker, ist super in dem Film als Kantor Hampel, oder so ähnlich und vergiss nicht: Mario Girotti, alias Terence Hill, ist brillant in dem Film!"

Hans sagte das mit einem Grinsen.

„Ja, schon, Harald Leipnitz spielt den Ölprinz auch richtig schurkenhaft gut, aber die Handlung ist weit vom Buch entfernt."

Johann blieb bei seiner Meinung.

„Ich muss sagen, als Kind mochte ich Stewart Granger als Old Surehand schon. Er war so abgebrüht und obercool. Pierre Brice ist natürlich in jedem Karl May Film oberste Sahne!"

„Das stimmt in der Tat!" sagte Johann dazu.

„Habt ihr eigentlich alle Verfilmungen damals gesehen und wenn ja, aber später auf DVD, oder so?" fragte jetzt Heribert in die Runde.

„Ich habe alle auf dem Rechner," sagte Hans und schaute stolz in die Runde.

Die anderen Camper nickten ebenfalls.

„Fandet ihr Marie oder Uschi süßer?"

Diese Frage von Fred erstaunte die Camper.

„Nun, Apanatschi ist ja nicht nach einem Karl May Buch, aber Uschi war schon ziemlich süß," sagte Heribert und lächelte danach.

„Marie ist Nscho-tschi. Punkt. Winnetu's Schwester. Mehr geht doch nicht, oder?"

Hans hatte das mit einem gewissen Unterton in der Stimme gesagt.

„Ihr habt Ribanna vergessen, Mesch'schurs…" Johann hatte das so dezent in den Raum geworfen.

„Richtig! Ribanna! Winnetu's große Liebe! Im Film von der wunderschönen Karin Dor verkörpert!"

Fred schaute verzückt!

„Wenn es von ihr auch einen Starschnitt gegeben hätte, wäre er sicherlich an deiner Wand gewesen, oder?" versuchte Hans ihn zu veräppeln.

„Hans, du weißt doch, dass ich daheim im Partykeller alle Starschnitte als alten Bravo Zeiten hängen habe."

Fred schaute etwas ärgerlich drein.

„Weiß ich doch, altes Coon, aber die anderen nicht, wenn ich mich nicht irre… hihihihi…" meinte Hans schlagfertig dazu.

Ein Geraune lag nun in der Luft.

„Du hast echt alle Bravo Starschnitte, die es damals von den Darstellern der Karl May Filme gab?"

Peter schaut überrascht drein, nachdem er diese Frage gestellt hatte.

„Natürlich!" gab Fred dann als Antwort.

„Ich hab auch alle und sogar Uschi Glas," sagte jetzt Johann.

„Woher denn du Küken?" fragte Heribert. „Du bist doch wohl der Einzige von uns, der noch keine fünfzig Jahre alt ist. Mit deiner Hippiefrisur, dem Basecap und den goldenen Ohrringen…"

„Danke für das Kompliment, Heri. Ich bin 58 Jahre alt, auch wenn ich noch wesentlich jünger aussehe. Die Liebe meiner Frau hält mich halt jung…"

„Wow! Verrätst du mir, wie man mit 58 knapp 20 Jahre jünger aussehen kann?" Heribert wollte es wissen.

„Ich bin 62 Jahre alt, sehe aber mindestens auch so alt aus…" fügte er noch hinzu.

„Kein Stress, freischaffende, künstlerische Arbeit, liebe Kinder, eine wunderbare Frau, kein Alkohol, kein Nikotin, gesunde Ernährung…"

Weiter kam er nicht. „Bei Karl May wärest du keine Hauptfigur geworden," sagte Heribert.

„Oder vielleicht gerade doch… wer weiß… Karl mochte außergewöhnliche Typen. Du bist doch sogar Veganer, oder?"

Johann nickte. „Vertrage keine Milchprodukte und Fleisch ekelt mich schon seit der Kindheit an…"

„Jeder so wie er es mag," meinte Hans. „Es geht doch nichts über ein schönes gebratenes Stück…"

Weiter kam er jetzt nicht, denn Johann sagte: „Jeder so wie er es mag, richtig! Ganz nach seinem Gusto…"

Die Camper nickten.

„Wo waren wir stehen geblieben?" fragte Peter in die Runde.

„Dass ich ganz viele Starschnitte habe," meinte Johann.

„Woher hast du die?" hakte Peter nach.

„Ganz legal gekauft. Aus dem Bravo-Archiv kann man einzelne Starschnitte oder auch ganze Bravo Hefte oder Jahre mit Heften kaufen. Auf DVD oder zum download."

„Super!" Hans war aus dem Häuschen.

„Ich hab alle Starschnitte, die es mit Karl May Film Darstellern gibt.

Da wären Pierre Brice und Lex Barker. Winnetu und Old Shatterhand, aus den Jahren 1964 und 1965. Winnetu trägt sein Gewehr und Old Shatterhand seinen „Bärentöter". Ich denke, dass der „Henry-Stutzen" etwas anders aussieht."

„Welche hast du noch?" fragte jetzt Fred.

„Marie Versini als Nscho-tschi war auch 1965. Sie war so was von süß, fanden wir damals als Kinder, oder später als Jugendliche. Sie gewann 1965 sogar den begehrten Bravo-Otto in Gold, um es nur kurz zu erwähnen. Dann gab es noch den Starschnitt von Marie Versini und Pierre Brice zusammen 1967 und 1977 noch einmal Pierre Brice als stolzer Apatschenhäuptling."

„Du bist ja total gut informiert, Johann, alle Achtung!"

Bevor Johann antworten konnte, stand Philipp, Johanns Sohn hinter ihnen und meinte: „Mein Papa ist ein wandelndes Lexikon. Der hat ein Gedächtnis wie ein Elefant. Besonders die 60er und ganz besonders die 70er Jahre sind sein bevorzugtes Steckenpferd. Da weiß er scheinbar alles was wichtig ist."

Die Camper schauten in Richtung Philipp.

„Bist du auch Karl May Fan?" fragte ihn Fred.

„Das nicht unbedingt, aber ich helfe Papa bei diesem und jenem am Computer, so dass mir das eine oder andere über Karl May auch schon unterkam."

Die Camper nickten.

„Ich setz mich jetzt wieder zu meiner Mom und meiner Schwester. Euch noch einen fröhlichen Plausch."

„Ein aufgewecktes Bürschchen," meinte Fred.

„Der auch noch super filmen kann..." Die Antwort von Johann löste einiges aus...

Erste Ideen:

„Wieso sagst du das jetzt, Johann?" fragte Fred.

„Nun, ich hatte plötzlich die Idee, wir könnten ja – ganz spontan sozusagen – mal einiges dazu filmen…"

„Meinst du einen eigenen Low Budget Film?" hakte Peter nach.

„Vielleicht?..." antworte Johann.

„Wie kommst du jetzt darauf?" Heribert wurde neugierig.

„Nun, die Stadt Tabernas liegt keine 50 km von hier entfernt und dort wurden die berühmtesten Western und Abenteuerfilme gedreht. In den 60ern, 70ern und auch heute werden da noch Western und andere Filme gedreht…"

Johann hatte das so in den Raum geworfen.

„Welche beispielsweise?" fragte Peter.

„Ach da wären: Lawrence von Arabien, Spiel mir das Lied vom Tod, die berühmte Dollar-Trilogie mit Clint Eastwood, die Bud Spencer und Terence Hill Western, ein Indiana Jones Film und so weiter, um nur einiges Filme zu nennen…."

Johann grinste jetzt.

Man merkte, wie es in den Köpfen der Camper rumpelte.

„Das heißt…" begann Peter jetzt.

„Genau! Wir holen uns eine Genehmigung, dort zu drehen und machen einen eigenen kleinen Low Budget Film für uns."

Johann hatte das mit Gelassenheit ausgesprochen.

„Leute, wir wollen hier überwintern... Uns pressiert nichts. Wir können ja erst einmal die Anlagen dort besuchen und dann gegebenenfalls auch ein Filmskript oder Drehbuch schreiben."

Johann sagte auch dieses mit stoischer Ruhe.

„Darauf müssen wir noch einen trinken. Jenny, können wir noch einmal das Gleiche bekommen, wie eben? Ich gebe einen aus!" Meinte Peter und Jenny nickte. Sie hatte die Bestellung verstanden!

Nachdem die Getränke geliefert waren und Peter auf seinen Deckel einige Striche bekommen hatte, ging das Gespräch weiter.

„Dann brauchen wir ne gute Kamera, Westernklamotten und müssen uns überlegen, welche Szenen und Dialoge wir denn drehen wollen."

Fred hatte es treffend erklärt.

„Ich war schon in Tabernas," sagte Johann.

„Dort wohnt Yve Hobbelsche, die ist Schauspielerin vor Ort, macht aber auch Komparsenrollen und hat schon einen eigenen Film produziert."

„Hobbelsche?" meinte Fred. „Das erinnert mich aber sehr an den guten alten „Hobble-Frank" einen meiner Lieblingshelden bei Karl May.

„Ach ja, ich komm auch ins Schwärmen, wenn ich an „Hobble-Frank" denke," meinte Johann. „Sein sächsischer Akzent ist Gold wert! Ich weiß sogar noch seinen Namen: Heliogabalus

Morpheus Edeward Franke. Den Namen vergisst man nicht mehr, genauso wenig wie Hadschi Halef Omar Ben Hadschi Abul Abbas Ibn Hadschi Dawuhd al Gossara, gell?"

Die Camper schauten ihn an. Er hatte wahrlich ein gutes Gedächtnis!

„Bei uns in der Schule gab es mal einen Wettbewerb, wer als Erster den Namen von Kara Ben Nemsis treuem Begleiter auswendig aufsagen konnte," meinte Johann und schmunzelte dann.

„Wie lange hast du dafür gebraucht, Johann?" fragte Peter.

„Nur wenige Minuten…" kam die Antwort.

„Doch zurück zu „Hobble-Frank", meinte er. „Der Sohn des Bärenjägers" ist eine so wunderbare Erzählung, meiner Meinung nach, die ich als Kind auch immer wieder als Hörspiel-LP von Europa, abgespielt habe und teilweise die Dialoge komplett mitsprechen konnte."

„Wo war er denn noch dabei, na Super-Hirn, weißt du das auch?" foppte ihn Peter ein bisschen.

Johann schaute Peter an. „Wenn du weniger boshaft bist, sag ich es dir vielleicht."

Peter errötete und meinte: „Schon gut, sollte nur ein Witz sein. Ich lass das ab sofort sein, Indianer-Ehrenwort. Ich habe gesprochen. Howgh!"

Jetzt war wieder Gelächter in der Runde und alles war wieder friedlich.

Johann meinte dann: „Köstlich! Den Spruch hatte ich vorhin auch schon auf den Lippen, aber jetzt passte er noch besser, Pit, altes Coon!"

Auch hier gab es wieder Geschmunzel und Johann fuhr fort: „Natürlich unser allerseits geliebter „Schatz im Silbersee", „der schwarze Mustang", „Villa Bärenfett", „der Schlangenmensch", natürlich beim „Ölprinzen" und jetzt kommt der Zungenbrecher: „Der Geist des Llano Estacado."

„Helft mir mal auf die Sprünge, Leute," meinte jetzt Fred.

„Der Hobble-Frank und Tante Droll waren doch Cousins, oder?"

„In der Tat, so schrieb es Karl May," sagte Johann.

„Wenn ich mich recht erinnere, hatten die doch Anteil an der Silbermine von Old Firehand und Frank kaufte dann die legendäre Villa Bärenfett, richtig?"

„Vollkommen richtig, Fred. Karl May schrieb ja auch Briefe als Hobble-Frank. Frank hinkte ja im Roman, genau wie ich es eben bei Hans gesehen hatte, als er eben auf der Toilette in der Pause war."

„Worauf willst du hinaus, Johann?" fragte Hans jetzt.

„Du kannst ja die Rolle des Hobble-Frank spielen."

„Dafür muss ich aber sächsisch lernen…" kam die Antwort zurück.

„Lass dass mal Philipp machen. Der ändert uns im Drehbuch die Dialoge, die sächsisch ausgesprochen werden sollen, dahingehend um…"

Kaum hatte Johann das gesagt, hörte er vom entfernteren Nachbartisch ein „Hört, hört!".

„Ich verstehe alles, was ihr sagt, Papa," warf Philipp ein.

„Und? Zu schwer?"

„Nicht wirklich," kam die prompte Antwort zurück.

„Sind wir also schon mitten im Projekt, Johann?" erkundigte sich Heribert jetzt.

„Scheint so," kam die lapidare Antwort von Fred.

„Wir brauchen einen Old Shatterhand. Er sollte groß und stark sein und ein markantes Äußeres haben," sagte Hans jetzt und lachte.

„Schade, dass wir keinen „Charley" haben…"

Peter hat das so spaßig gesagt, dass alle schmunzeln mussten.

„Ich heiße mit zweitem Vornamen Karl. Heribert Karl Schohngang."

„Wurdest du wegen dem Namen in der Schule gehänselt?" fragte ihn Fred danach.

„Leider hatte ich dann den Spitznamen „Waschmaschine". Ihr wisst schon, wegen „Schohngang", obwohl ich mich mit H schreibe. Kinder können sehr gemein sein."

„Dann heißt du ab sofort „Charley", denn wenn man Karl heißt, auch wenn es nur der zweite Vorname ist, passt das doch. Hmmmh, groß bist doch auch, schätze um die 1,80 cm und sportlich auch einigermaßen. Leute, ich glaube, wir haben unseren Old Shatterhand gefunden!"

Peter hatte das so schnell gesagt, dass kaum Zeit zum Nachdenken blieb.

Charley nickte. „Bin einverstanden."

„Wo kriegen wir jetzt die berühmten Gewehre her, geschweige denn die alte „Liddy", den Schießprügel von Sam Hawkens und das alte Maultier „Mary"?

Fred hatte es in „einem Rutsch" runtergebabbelt.

„Freddy! Du machst dich, alle Achtung!" rief Hans voller Wonne!

„Freddy? Nicht Fred?" fragte Peter dann.

„Schon, aber ich nenn ihn Freddy seid dem 1.Schuljahr, denn solange kennen wir uns - und er mich Hansi oder Hänschen..."

Alle in der Runde mussten wieder schmunzeln.

„Ich denke, einen Winnetu Darsteller finden wir bestimmt in Tabernas."

„Ja, nur blöd, Johann, dass der wahrscheinlich spanisch babbelt und dann muss der Film teilsynchronisiert werden," sagte Peter.

„Schaun mer mal..."

„Genau, kommt Zeit, kommt Rat!" Johann grinste.

Die Geburtstags-Vorbereitung:

„Leute, ich hab da noch eine Idee. Hört mal her," dann senkte er merklich seine Stimme.

Johann flüsterte jetzt nur noch.

„Der Paul hat doch übermorgen Geburtstag. Und zwar seinen fünfzigsten. Wie wäre es, wenn wir ihm ein Geschenk machen?"

„Woran denkst du, Johann?"

„Es gibt vom Bravo-Archiv alle Starschnitte aus den 50er und 60er Jahren zum Download für kleines Geld. Ich meine unter 20 Euro. Das sind, glaub ich, so um die 20 Seiten zum Ausdrucken. Wenn jemand einen Farbdrucker dabei hat, ist das doch ein tolles Geschenk, zusammengeklebt und dann auf Pappe, zur Stabilisierung. Den kann Paul dann an der langen Wand aufhängen, denn neben John Wayne in Lebensgröße ist noch Platz."

Es war genauso, wie Johann gesagt hatte. Paul der Wirt und Betreiber, mit den deutschen Wurzeln, hatte aus Pappe eine lebensgroße Figur von John Wayne an der einen Wand hängen und war sehr stolz darauf. Daneben wäre Platz für Lex Barker gewesen.

„Hat wer einen Farbdrucker dabei?" fragte Peter jetzt in die Runde, aber immer noch in Flüsterlautstärke.

„Wir haben unseren Farbdrucker dabei", meinte Fred.

„Perfekt!" sagte Peter und freute sich.

„Hast du auch Druckerpapier?"

„Selbstredend..." antwortete Fred.

„Ich werden den Starschnitt versuchen, heute noch zu kaufen. Kommt ja als download, da muss man ja nicht unbedingt in Deutschland sein."

„Wow! Das wird ein super Geburtstagsgeschenk! Doch wo kriegen wir Pappe für den Rücken sozusagen, her?" fragte Peter.

„Auch da könnte ich eventuell helfen, Peter. Wir haben etwa 20 Packungen der speziellen Cornflakes Packungen aus Deutschland mit, die man hier wohl gar nicht, oder schlecht bekommt. Ich könnte die Verpackungen so zuschneiden, dass sie als Verstärkung des Starschnittes dienen könnten."

„Klebstoff hab ich reichlich dabei," meinte jetzt Peter dazu.

„Perfekt!" Alle waren aus dem Häuschen!

Paul und Jenny schauten etwas irritiert zu dem großen Tisch, bekamen aber nicht mit, um was es ging und warum sich die Camper so sehr freuten!

Die Geschenke:

Es klappte alles perfekt! Der Starschnitt von Lex Barker wurde ausgedruckt und dann aneinandergefügt. Die Pappe wurde hinterher passgenau ausgeschnitten und die Cornflakes Pappen reichten aus, um den Starschnitt zu verstärken. Versteckt wurde er im Alkoven von Peters Wohnmobil, da dort niemand schlief. Die Frauen der Camper fanden diese Überraschung auch sehr gut und so verging der Tag recht schnell.

Am Abend überlegten sich die Camper, die so langsam richtige Freunde wurden, was sie noch alles besprechen wollten, bevor am nächsten Tag der 50. Geburtstag des Gastgebers, sozusagen, begann.

Rosalinde, die Frau von Peter, hatte extra noch einen Kuchen in ihrem Campingofen gebacken.

Die Stimmung war gut!

Plötzlich hatte Fred noch eine Eingebung!

„Jungs, der Paul heißt doch Deutschendorfer mit Nachnamen."

„Und? Was ist daran so besonders?" hakte Tobi nach.

„Ganz einfach," sprach jetzt Johann dazwischen. „Mein großes Idol von früher, John Denver, der 1997 leider bei einem Flugzeugabsturz viel zu früh gestorben ist, hieß mit richtigem Namen: Henry John Deutschendorf. Na, klingelts?"

„Du meinst?"....

Johann antwortete sofort: „Ich hab noch ne nagelneu verpackte Doppel-CD von John Denver dabei. Die hab ich mal gekauft, aber irgendwie nie geöffnet. Sollte wohl so sein. Die schenken wir ihm auch. Das Beste ist: Auf dem Cover steht: Henry John Deutschendorf…genannt John Denver! Ist das ein Brüller, oder was?"

Die Freunde waren einverstanden!

Johann summte plötzlich die Melodie des Liedes: „Sunshine on my shoulders" und Jenny kam an den Tisch und stimmte musikalisch ein: „makes me happy…"

Dass alle losprusteten und lachten, verstanden weder Jenny nach Paul…

Der 50. Geburtstag:

Die Camper-Freunde sprachen sich mit ihren Frauen ab, wie sie diesen Tag gestalten wollten. Man kam überein, dass am Morgen, gegen 10 Uhr, alle zum Hauseingang des Paares gehen wollten, um ein gemeinsames Ständchen zu bringen. Am Abend wollten sie den Starschnitt und die Doppel-CD überreichen, da sie herausbekommen hatten, dass Paul vor hatte, abends zu grillen.

Das Ständchen trieb dem handfesten Kerl aber trotzdem ein paar Tränchen in die Augen vor Rührung und als die Frauen den selbstgebackenen Kuchen überreichten, gab es ein kräftiges Umarmen allerseits…

Gegen 18 Uhr hatte Paul alle Camper in den Saloon geladen. Es gab ein Fass Freibier und auch nichtalkoholische Getränke und der Grill wurde auch reichlich vollbepackt. Für Johann und den Rest der Familie Hohetann gab es extra vegane Gerichte, wie Tofu, und Gemüsesorten.

Peter schlich sich aus dem Saloon und holte den Starschnitt von Lex Barker aus dem Wohnmobil.

Gemeinsam überreichten sie dann das Geschenk und Paul war sehr gerührt! Es rollten Tränen der Rührung und sie flossen mehr als am Morgen!

„Das ist aber noch nicht alles," sagte Johann und überreichte Paul die Doppel-CD von John Denver. Als er den Namen Deutschendorf las, war er zuerst verblüfft und dann lächelte er.

„Isch liebe seine Müsik," sagte er in seinem amerikanischen Slang.

Die 1. CD wurde aufgelegt und einige der Camper summten mit, oder stimmten mehr schlecht als recht in den Gesang mit ein, denn alle großen Hits des Sonnyboys, mit der unverkennbaren Stimme, waren auf der Doppel-CD enthalten.

Der Abend war noch lang und als etwas später auch noch andere Country und Western Musik ertönte, meinte Johann grinsend: „Wir können beides: Country und Western…"

Gegen 2 Uhr morgens war dann die turbulente Geburtstagsfeier beendet und die Camper fielen alle sehr schnell in einen zum Teil tiefen Schlaf. Dass Karl May Darsteller in einigen Träumen vorkamen, kann man sich sicherlich vorstellen…

Projekt: Karl May

Gegen Mittag trafen sich die Freunde vor dem Wohnmobil von Peter. Sein Schlachtschiff hatte den besten Platz ergattert. Das war ja auch kein Kunststück, denn er war der erste Camper gewesen, der diesen neuen Stellplatz auch eingeweiht hatte.

„Leute, ich hatte heute Morgen im Halbschlaf eine brillante Idee!" warf Johann ein.

„Und die wäre?" fragte Fred.

„Wir nennen das Ganze „Projekt: Karl May". Wie findet ihr das?"

„Schöner Name!" In der Tat!" sagte Tobias.

„Ich gebe auch mal meinen Senf dazu, aber mittelscharfen," sagte Peter grinsend.

„Er nu wieder…" meinte Fred.

„Also: „Projekt: Karl May" klingt gut, aber nicht wie ein Film…"

„Es muss ja nicht nur ein Low Budget Film sein… Unsere Vorarbeiten könnten ja auch mit einfließen…"

„Du meinst unsere Gespräche und alles sonst so?" fragte Hans.

„Warum nicht? Es ist ein eigenes Projekt mit geringen Kosten, oder?"

„Stimmt! Gut, dass ich beim Zusammenkleben des Lex Barker Starschnittes einiges geknipst und gefilmt habe. Wir brauchen am Ende eigentlich nur noch einen Cutter, der daraus einen Film macht…"

Die Camperfreunde und Karl May Enthusiasten waren damit einverstanden!

„Projekt: Karl May" war am Entstehen…

Dass es noch eine Menge Arbeit sein konnte, war für die Freunde selbstredend…

Aber sie hatten ja noch einige Monate Zeit, bis es wieder Richtung Deutschland gehen sollte…

Zum Glück war der Winter in Andalusien mild und zum Teil auch warm und die Gegend um Tabernas, der größten Wüste Europas, galt als Gegend, in der es nur sehr selten regnete…

Weitere Vorbereitungen:

„Wir sollten einen Plan entwerfen, wer denn welche Rollen spielen möchte und ich fände es auch witzig, wenn jeder einmal erzählen würde, was sein persönliches Lieblingsbuch bzw. sein Lieblingszyklus von Karl May ist, denn solche Informationen machen sich in einem Dokumentarfilm auch besonders gut, finde ich," meinte Johann und redete danach sofort weiter:

„Die Juweleninsel hatte es mir als Kind besonders angetan und natürlich wenn Konrad Halver, mein Lieblingssprecher, sprach..."

„Ach ja, Konrad Halver..." schwärmte Fred jetzt auch...

„Ich hab Tränen in den Augen gehabt, als er am 30.11. 2012 in die ewigen Jagdgründe eingegangen ist."

Sie gedachten in einer Schweigeminute ihrem Lieblings-Hörspielsprecher.

„Ich stelle ihn auf eine Stufe mit unserem Kult-Erzähler Hans Paetsch," meinte Hans.

„Ja, dein Namensvetter! Er war absolut oberste Sahne. Ich hab als Kind oft ne Gänsehaut bekommen, wenn Hans Paetsch gesprochen hat. Ich hatte viele Europa LPs..."

„Hast du die echt weggegeben, Fred?"

„Der Angesprochene antworte daraufhin: „Hast du deine Europa LPs etwa noch?"

„Freilich! Das sind doch Kindheits- und Jugenderinnerungen!"
Johann hatte das mit einem überzeugenden Ausdruck gesagt!

„Einige musste ich allerdings austauschen, da sie verkratzt
waren, so oft hatte ich sie gedudelt. Dank Ebay und einiger
Flohmärkte, hab ich die verkratzten gegen guterhaltene
Scheiben austauschen können."

Fred schaute Johann an, nachdem er dieses gesagt hatte und
meinte: „Du Glücklicher!"

„Ja, ja, die guten alten Zeiten! Wie sehr habe ich mit Sam
Hawkens, Dick Stone und Will Parker dann Old Shatterhand
dabei begleitet, wie er als Landvermesser anfing – vom
Greenhorn zum Westmann."

„Du kannst dich wirklich gut ausdrücken, Johann, als wärest du
Poet und Dichter, vielleicht sogar Schriftsteller."

„Das bin ich auch, lieber Fred. Ich hätte fast Frick zu dir gesagt,
du weißt schon wie Frick Turnerstick, den Kapitän, mit dem Old
Shatterhand doch befreundet war."

Alle mussten lachen!

„Was schreibst du denn für Bücher?" fragte ihn jetzt Peter.

„Ich hab mit Philipp schon zwei Geocaching Abenteuerromane
geschrieben, da wir beide ein Faible dafür haben."

„Interessant! Dann gebührt dir die Ehre, das Skript oder
Drehbuch zu schreiben, wenn ihr anderen nichts dagegen
habt."

Es wurde einstimmig beschlossen, dass Johann die Ehre haben würde, ein Skript zu schreiben und er nahm es mit einem Lächeln an.

Dann verbeugte er sich und sagte: „Es ist mir eine Ehre, Mesch´schurs!"

„Wie schreibt man das eigentlich?" fragte Peter.

„Ich schau mal in den alten Karl May Büchern nach. Dann schreib ich alles auf…" antwortete Johann darauf.

„Heißt das, es könnte auch ein Buch daraus entstehen?" Tobias Frage war nur allzu verständlich.

„Wer weiß…" orakelte Johann geheimnisvoll.

„Gut, ihr Lieben," meinte Hans nun.

„Wir waren dabei stehengeblieben, welche Bücher oder Zyklen uns besonders gut gefallen bzw. gefallen haben in der Kindheit."

„Richtig!" Fred nickte. „Ich liebe „Das Waldröschen" sehr!"

„Ja, ist auch super spannend! Ich hab es zusammenhängend in einer 74 bändigen Taschenbuch-Reihe gelesen. Da ich auch die grünen Bücher habe, ist es interessant zu sehen, wo hier und da ein paar Unterschiede sind, da dort die Bücher, wie ihr ja wisst, in anderer Reihenfolge erschienen sind. Aber als alter Karl May Fan findet man das schnell heraus! Nichts desto trotz! Ich liebe alles, was Karl May geschrieben hat!

„Ich favorisiere den Orientzyklus! Den hab ich als Kind auch zuerst gelesen und als dann letztendlich der Schut zur Strecke gebracht wurde, konnte ich wieder ruhig schlafen. Die Tage vorher waren die Träume recht aufgewühlt!“ Als Peter das sagte, hatte er glänzende Augen wie ein kleines Kind, das voller Erwartung auf die Geschenke wartet, die unter dem Weihnachtsbaum liegen!

„Sooo, sehr interessant, meen Gutster, Eiverbibbsch“ versuchte Heribert ein wenig zu sächseln.

Die Freunde schmunzelten.

„Wer ist der schlimmste Bösewicht eurer Meinung nach?“ fragte Johann jetzt in die Runde.

„Santer natürlich! Er hat unseren Liebling getötet und hat dadurch die berühmte Arschkarte im 1000er Pack!“

„Klare Worte, Peter!“ sagte Fred.

„Ich persönlich fand Tim Finnetey alias Parranoh noch schlimmer! Wer die schöne Ribanna tötet, ist genauso gemein! Winnetu verzichtete ja zu Gunsten von Old Firehand auf sie, wie ihr ja wisst. Auch die Hörspielfassungen gehen ganz entsetzlich unter die Haut, wenn man noch Kind ist, finde ich.“

Es trat ein betretenes Schweigen ein.

„Pierre Brice hat doch den Song „Ribanna“ aufgenommen. Wisst ihr das?“ fragte Johann dann in die Runde.

„Du hast es bestimmt auf deinem Laptop, oder?“

Johann grinste und sagte: „Soll ich es euch vorspielen?“

Die Camperfreunde waren einverstanden.“

Johann spielte es ihnen dann auf dem Laptop vor.

„Ein schönes, wehmütiges Lied," meinte Fred und verdrückte eine Träne.

„Gibt es auch ein Lied über Nscho-tschi?" fragte Hans dann.

„Ja, hab ich auch auf der Festplatte. Von der Vinylsingle daheim aufgenommen. Wollt ihr es mal hören?" fragte Johann.

Als das Lied verklungen war, freuten sich die Freunde. Das Lied war nicht so wehmütig wie das andere Lied, obwohl, wie wir ja alle wissen, mit einem traurigen Ende.

Fred und Hans hatten leichte Tränchen in den Augen dabei.

„Gut, wenden wir uns wieder anderen Themen zu. Wer sollte noch in die Liga der „Superschurken" in der Karl May Welt aufgenommen werden?" fragte Peter jetzt.

„Auf jeden Fall Emery Foster, der Ölprinz," sagte Fred bestimmt.

„Dann der Gauner Grinley," meinte Charley. „Der ist mir immer so was von unsympathisch gewesen…"

„Es fehlt noch Rattler, diese linke Bazille. Er hat Klekih-Petra, den „weißen Vater" auf dem Gewissen! Gut, dass Old Shatterhand ihn zu Boden geschmettert hat." Tobias hatte das voller Emotionen hervorgebracht und sich richtig in Rage geredet.

„Den hast du als Kind regelrecht gehasst, oder?" fragte Johann.

„So ist es! Ich mochte Klekih-Petra sehr," antwortete dieser, immer noch aufgeregt!

„Seht ihr, was für Emotionen jetzt immer noch entstehen können und das oft 30-50 Jahre später, nachdem wir es gelesen haben. Ich denke, dass viele Mario Adorf nicht leiden konnten, gelinde ausgedrückt, weil er im Film als Santer Winnetu erschossen hat, oder?" meinte Fred.

„Jepp! So ist es!" antwortete Johann. „Er hat es selber mal erzählt."

„Ralf Wolter als Sam Hawkens und Hadschi Halef Omar haben mir immer gut gefallen, um jetzt mal auf die Lieblingscharaktere zu kommen. Irgendwie war er optimal dafür geschaffen, finde ich," sagte Peter und die Freunde nickten alle zustimmend.

„Euer Lieblingsfilm frei nach Karl May ist?" fuhr Hans jetzt dazwischen.

„Schwer zu sagen, alle sind irgendwie gut," meinte Peter.

„Lasst uns ruhig bei den Lieblingscharakteren bleiben, denn davon nehme wir vielleicht welche mit auf in unseren Low Budget Film, oder was denkt ihr?"

„Tante Droll und den Hobble-Frank hatten wir ja schon erwähnt. Ich mag auch die Both-Shatters gerne.

Das sind doch Supertypen!"

„Ja, aber für unseren Film nicht. Zu unbekannt, denke ich."

Fred hatte ein Machtwort gesprochen.

„Sollte Intschu-schuna mitspielen? Der edle Mescaleo Apatschenhäutling?" fragte Charley.

„Wenn wir in der Westernstadt jemanden finden, der ihn darstellen kann, warum nicht?"

„Ruf doch Yve mal an und frag sie, ob sie da was organisieren kann," schlug Hans vor und schaute Johann an.

„Ich wird es morgen mal probieren. Lasst uns weitere Vorschläge sammeln."

„Erz-Bösewicht ist für mich auch Tangua, der Häuptling der Kiowas."

Als Hans das sagte, wurde er richtig wütend!

„Stimmt, Tangua ist sehr verbittert gewesen. Nur seine Liebe zu seinem Sohn Pida hat ihn gnädiger gestimmt in seiner Seele, finde ich."

„Da kann man mal sehen, was Familienbande ausmachen."

„So ist es!" antwortete dieser.

„Und was ist mit dem Schut? Der ist auch ein ziemlich übler Gesell, finde ich," ergänzte Fred.

„Jepp! Kara Nirwan, der Pferdehändler," meinte Johann nur.

„Was meint ihr? Sollen wir mal in dem Klamotten Fundus von unserem lieben Camper Freund Charley schauen, der ja immer wie im „wilden Westen" daherkommt?" fragte Fred scherzhaft und schaute dabei in die Runde.

„An mir soll es nicht liegen," meinte der Angesprochene nur.

„In meinem Neun Meter „Schlachtschiff" ist das eine oder andere Utensil oder Kleidungsstück, dass wir bestimmt verwenden können. Ich hab sogar Schminke dabei, weil ich dachte, dass ich sie für den nächsten Fasching benötige."

„Wow!" sagte Fred und verbeugte sich. „Ein wahres Sammelsurium für unser „Projekt: Karl May".

Gemeinsam betraten sie nach und nach das große Wohnmobil und Fred fragte dann: „Alter, was kostet denn so ein riesiges Teil?"

„Ich hatte etwas Geld geerbt und da ich stets rastlos bin, habe ich mir dann dieses schicke Womo gekauft, da ich lieber damit herumfahre, als daheim zu altern. Wobei ich trotzdem meinem Hobby Karl May auch anderweitig fröne, denn ihr wisst wahrscheinlich, dass man viele Bücher mittlerweile als gelesene Hörbücher bekommt und die genieße ich an stillen Abenden, teilweise auch mit Kopfhörer."

Die Camperfreunde schauten nach und nach alles durch und die vier Cowboyhüte fanden schnell Interessenten.

„Der weiße Hut ist für mich," sagte Hans und grinste. „Ich wollte schon immer mal Old Surehand spielen. Die lederne Weste da und das Halstuch...Perfekt!"

„Nimm die Sachen ruhig," meinte Charley, aber behandle sie gut. Ich möchte sie hinterher gerne wieder benutzen."

„Dann darfst du das Skript aber nicht so schreiben, dass ich mich im Dreck wälzen muss, oder vom Pferd springen, lieber Johann."

„Was denkst du denn von mir?" antwortete der Angesprochene. „Ihr seid alle über sechzig Jahre alt.

Stuntszenen sind da nicht mehr so willkommen, richtig?" Ein einstimmiges Nicken war zu sehen.

Nachdem sie das Wohnmobil nach etwa 60 Minuten intensivem Suchen und Schauen wieder verlassen hatten und jeder etwas gefunden hatte, setzten sie sich, nachdem sie die Kleidungsstücke und Zubehörteile in ihren Wohnmobilen verstaut hatten, in dem Saloon an ihren Stammtisch, wie sie ihn nannten.

Ihre Frauen hatten Verständnis für ihr Hobby und merkten, dass sie sich auch gut verstanden und hatten ebenfalls ein gemeinsames Hobby entdeckt: Blumen und Gartenarbeit bzw. Gartengestaltung.

„Charley, das ist sehr großzügig von dir, wollte ich einmal sagen," meinte Johann und tätschelte ihm liebevoll mit der Hand auf der rechten Schulter.

Der Angesprochene nickte und meinte: „Unser „Projekt: Karl May" möge außergewöhnlich werden."

Der Abend verlief ruhig und das eine oder andere Bier wurde süffisant getrunken.

Vorbereitungen zur Besichtigung:

Am nächsten Tag war wieder einmal Kaiserwetter am Himmel! Kein Wölkchen trübte die gute Laune und man beschloss, mit zwei Fahrzeugen nach Tabernas zu fahren, um vor Ort die Location zu besichtigen.

Johann bot an, mit seinem Mixto Sechssitzer zu fahren und die beiden Schulfreunde Fred und Hans fuhren hinterdrein. Philipp, der Sohn von Johann, kannte sich mit dem Navigationssystem am Besten aus und begleitete die Freunde. Ferner übernahm er das Filmen und Fotografieren, wofür die Camperfreunde und eingefleischten Karl May Fans, sehr dankbar waren. Das Spritgeld wurde großzügig von Peter gestiftet, da er froh war, nicht selber fahren zu müssen. Ihm steckte die lange Fahrt von Deutschland nach Andalusien immer noch etwas in den Knochen, denn seine Ischias-Schmerzen und das Rheuma zeigten sich immer noch. Er hoffte, dass das bis zum Ende des Winters wieder besser war.

Als die Camperfreunde vor Ort waren, staunten sie nicht schlecht!

Die drei Westernstädte waren gigantisch schön und so real anzusehen! Die Camper fühlten sich in die 60er Jahre Karl May Filme zurückversetzt!

Das Gefängnis, das Hotel und auch der Saloon waren spitzenmäßig! Leider war es an diesem Tage sehr voll, aber die Show, die man ihnen präsentierte, imponierte den Campern doch sehr, weil sie so etwas nicht vor hatten, zu realisieren.

„Alter," sagte Fred zu Hans. „Wenn wir ein Drehbuch machen, wo solche Szenen drin vorkommen, brauchen wir Stuntmen und wir kommen nur im Saloon vor, wenn wir Whiskytrinkszenen spielen, natürlich mit Tee oder am Pokertisch sitzen oder einfach nur Gespräche führen."

„Lass das mal den Johann machen," meinte Hans. „Er holt sich heute Inspirationen für sein Drehbuch, denke ich."

Philipp war fleißig am filmen und fotografieren, wie es sein Vater von ihm erbeten hatte. Für Philipp, den jungen Mann, war es auch ein Erlebnis, hier so hautnah den „wilden Westen", zumindest wie man ihn aus Filmen und Romanen kannte, zu erleben.

„Mir haben auch die Kirche und der Rest vom mexikanischen Dorf gut gefallen," meinte Johann. „Erinnert mich an die Dollar-Trilogie mit Clint Eastwood."

Plötzlich tippte ihn jemand an die Schulter. Er drehte sich um und sah ein perfekt gekleidetes Cowgirl vor sich stehen.

„Hi Yve!" rief er vergnügt aus. „Lass dich umarmen!"

Yve grinste und ließ die Umarmung zu und drückte herzlich zurück. Auch Philipp bekam eine Umarmung.

„Und? Habt ihr euch Eindrücke geholt für euren Low Budget Film?" fragte sie.

„Eindrücke schon. Aber für das, was wir vorhaben, gibt es zwei Varianten: Eine teure mit Stuntmen und ein paar Schauspielern und eine kostengünstigere ohne Action Szenen."

„Beides ist möglich," sagte Yve. „Das hängt von eurem Geldbeutel ab."

„Naja, wir sind ja noch den ganzen Winter über hier in der Gegend.“

„Richtig, Johann, überlegt es euch! Ich habe viele Connections! Auch einen Regisseur, einen Cutter und diverse andere Freunde, die gerne helfen, einen Film zu drehen. Es sollte aber Hand und Fuß haben. Lass dir also für dein Drehbuch ruhig Zeit. Einen Termin hier vor Ort bekommt man schon in den nächsten Monaten. Ich muss wieder los, da vorne winkt mein Freund. Adios muchachos.“

 Sie hob die Hand zum Winken und verabschiedete sich. Die Camper winkten ihr noch nach.

Als die Freunde am Abend wieder auf dem Stellplatz ankamen, meinte Johann nur: „War ein schöner Tag und die Anregungen für Pauls Saloon könnten aus Tabernas stammen…“

Alle waren am Lachen!

Besichtigungen des Umlandes:

Am nächsten Morgen trafen sich die Karl May Freunde um 10 Uhr morgens vor dem Saloon.

„Wollen wir heute in die Wüste fahren und diese erkunden?" fragte Fred in die Runde.

„Es gibt bestimmt den einen oder anderen Ort in der Wüste, den wir für Szenen im Film benutzen können."

Johann nickte.

„Wie gut, dass jetzt Winter in Andalusien ist. Im Sommer wäre es gut 15-20 Grad heißer," sagte Johann und lächelte dann.

Philipp erklärte sich bereit, zu filmen und auch zu fotografieren.

Die Frauen waren einverstanden, dass ihre Männer heute wieder unterwegs waren und versprachen ihnen, was Leckeres zu kochen, wenn sie am Abend wieder da waren.

Unterwegs hielten sie bei einem großen deutschen Supermarkt, der auch in Spanien vielfach vertreten ist und deckten sich mit Proviant und Getränken für den Tag ein.

„Praktisch, dass es hier den auch gibt," meinte Hans.

„Und deutsches Bier, herrlich!" vervollständigte Fred den Text.

„Wir brauchen Wasser, kein Bier, in der Wüste," meinte Johann so nebenbei.

„Du bist Fahrer und wir nur Beifahrer. Gut, dass wir nur mit 2 Autos gefahren sind. Peter und du, passt doch!“

Peter Peces hatte sich bereit erklärt, heute auch als Fahrer zu fungieren.

Nach etwa 30 Minuten waren sie von der Autobahn an der Abfahrt Tabernas heruntergefahren. Dort befand sich auch ein Kreisel und auf der anderen Seite saß ein Mann, als Indianer gekleidet, auf einem Pferd. Dort ging eine enge Straße ab.

„Schade, dass wir kein Spanisch können, sonst hätte ich ihn einmal gefragt, wo es denn besondere Orte hier gibt,“ meinte Fred.

„Ich rufe gleich mal die Yve an, die weiß bestimmt etwas.“

Johann grinste, als er das gesagt hatte.

Ein paar hundert Meter weiter war eine Bucht, wo so parken konnten. Philipp hat schon mal Yve´s Nummer gewählt und überreichte seinem Vater das Handy.

Johann war erfreut, dass der Lautsprecher an war, denn er mochte die Strahlung der Smartphones nicht und so wurde er nur sehr gering der Strahlung ausgesetzt. Nach dem dritten Klingeln hörte er ein „Ola!“.

„Hi Yve,“ sagte er. „Ich bin´s Johann. Wir sind gerade in der Nähe der Autobahnabfahrt, hier in Tabernas. Kannst du uns einen Tipp geben, wo wir hier eine gute Location zum Drehen bzw. Vorbereiten haben?“

„Puuuuuuuuh!“ Ein langer Atemzug folgte dann und Yve sagte: „Eigentlich ist dort alles wunderbar als Kulisse zum Filmen.

Parkt die Autos so, dass sie nicht stören, und dann geht nach eurem Gefühl. Habt ihr auch gutes, festes Schuhwerk an?"

„Ja, hab ich vorher den Campern gesagt."

„Dann viel Erfolg, tschüüüß!"

„Ja, pfiäti," antwortete Johann.

„Wir sollen unserer Nase nach. Es ist alles eine gute Kulisse hier," meinte sie."

„Das haben wir auch mitbekommen," meinte Fred. „Das Handy war laut genug!"

Die Camperfreunde hatten alle ein Schmunzeln auf den Lippen. Scheinbar waren alle der gleichen Meinung.

Johann sah plötzlich, dass sich Wasser in dem Flußbett befand und meinte: „Dort ist doch ein guter Ort, um zu schauen oder auch zu filmen."

Tobias signalisierte Philipp, dass er filmen sollte. Der junge Mann nickte und gab kurze Zeit später mit dem Daumen hoch zu erkennen, dass er bereit war.

Tobias , der seine Westernklamotten schon wie in einem Film trug, begann plötzlich: „Oh, wie sehr vermisse ich dich, du deutscher Wald, mit all deinen herrlichen Schatten spendenden Bäumen, denn hier in der heißen Wüste von New Mexiko fließt nur ein Rinnsal eines Baches… Wird er mich und mein Pferd ausreichend tränken können oder müssen wir gar Durst und Hunger leiden, denn außer ein paar Heuschrecken ist mir noch nichts vor die Flinte gekommen. Doch was höre ich da? Ei der Daus, sind das nicht Pferdehufe? Trügen mich meine Sinne, oder kommt da gar ein Reitersmann oder zwei daher?

Ich werde mich lieber auf die Lauer legen. Es können ja auch Indsmen sein, die mir als weißem Mann, aus dem schönen Sachsen, nicht wohlgesonnen sind." Dann legte er sich hin und rief dann: „Cut!". Philipp grinste und nahm die Kamera runter.

„Alter!" rief jetzt Fred. „Bist du ein heimlicher Schauspieler oder hast du den Text auswendig gelernt? Das klang ja sehr schwülstig, aber auch irgendwo klasse."

„Neee, ich war in der Theater AG meines Gymnasiums Ende der 70er Jahre," antwortete Tobias wahrheitsgemäß.

„Und der Text eben?" fragte jetzt Peter.

„Gerade erfunden."

„Wow!" sagte Johann anerkennend.

„Leute, ich muss ständig an unseren guten alten Sir David Lindsay denken und an die Wüstenszenen mit Kara Ben Nemsi."

„Entschuldige, dass ich lachen muss, Fred, aber Sir David hatte doch diese „Aleppo-Beule" auf der ohnehin schon großen Nase und daran muss ich immer denken, wenn ich seinen Namen höre."

Dann kugelte sich Hans weiter vor Lachen.

„Kannst du uns auf dem Laufenden halten, Hans?" fragte Peter. Diese Geschichte hab ich grad nicht vor meinem geistigen Auge."

„Selbstredend! Oder willst du, Johann?" fragte der Angesprochene.

„Nein, nein, erzähl du ruhig die „leckere Eiterbeutel" Geschichte," lehnte Johann liebevoll ab.

„Nun, es war so: In meiner Erinnerung ist es eine Art Parasiten Infektion. Hat irgendwas mit ner Mückenart zu tun und der Parasit kommt durch den Stich in den Körper, richtig Johann?"

Der Angesprochene nickte.

„Gut! Ich erinnere mich noch an den Dialog zwischen unserem Helden Kara aus dem Land der Deutschen oder Österreicher, da ist man sich nicht so sicher und unserem extrem spleenigen Sir David, wo er, nachdem er 2 Tage hohes Fieber hatte, Kara fragte, wie es denn jetzt weiterginge, denn ihm war eine mächtige Beule auf seinem riesigen Rüssel, den manche auch Nase nennen, gewachsen war…"

Hans musste innehalten und laut prusten! Die Freunde begannen ebenfalls zu lachen. Alleine die Vorstellung, dass auf der mächtigen „Gurke", welche Sir David im Gesicht zu tragen pflegte, auch noch eine mächtige Eiterbeule sich brettlesbreit niedergelassen hatte, vermag auch den Leser, welcher nicht, bis ins kleinste Detail mit dieser Szene vertraut war, zum Lachen oder zumindest zum Schmunzeln gebracht haben.

„Erzähl bitte weiter, lieber Hans! Die Szene ist nur allzu köstlich," sagte, halb dabei lachend, Peter zu ihm.

„Nun, Kara meinte so etwa, dass das Procedere ein Jahr dauern würde und sie nicht gefährlich sei, außer man würde dran herumdrücken oder sie gar beschneiden…"

Wieder waren alle am Lachen…

„Das Beste ist aber der Schluss! Wenn die Beule dann endlich weg sei, hinterließe sie ein Loch… Klein oder auch groß…"

Jetzt lachte niemand mehr! Einige fassten sich an die eigene Nase, um zu überprüfen, ob ihr wackeres Riechorgan auch noch unversehrt an seinem Platze saß.

„Leute," meinte Fred nur trocken: „Lasst euch nicht von Mücken stechen!"

„Alter! Das war in Aleppo! Den Ort kennste doch aus den Kriegsmeldungen der letzten Jahre…" sagte Hans.

„Gibt es die Aleppo-Beule immer noch?" fragte jetzt der junge Philipp.

„Soviel ich weiß, ja," meinte sein Papa.

„Vernarbt so etwas denn nicht?" hakte Fred nach.

„Ich denke schon," war die Antwort von Johann.

„Wo wir hier gerade so nett sitzen und ein Päuschen halten…. Was haltet ihr davon, unsere Füße einmal in das kühle Nass dort zu stecken, welches genüsslich vor sich hinplätschert?"

Hans hatte das mit einem schelmischen Grinsen auf den Lippen gesagt.

„Im Ernst? Wir haben Winter, Hans."

„Weiß das Wasser das auch?"

Alle mussten lachen!

„In Deutschland ist heute Schnee gefallen… Nur mal so als Info…"

Johann hatte es in den Raum gestellt.

„Was haben wir es doch gut! Bisher noch keine Mücken hier und auch kaum noch Fliegen. Ein Vorteil des spanischen Winters."

„Nun, mein lieber Fred, da muss ich dich berichtigen. Das Wetter trifft auf Andalusien zu, die Kanaren und teilweise auch die Balearen, aber der Rest von Spanien kann im Winter auch mal kalte Nächte und manchmal sogar kalte Tage bekommen."

Johann hatte die „Predigt" aber mit einem süffisanten Unterton gehalten, so dass alle am Schmunzeln waren.

„Seis drum! Ich teste das Wasser! Hab meine „Kackstelzen", wie sie meine Frau immer so liebevoll nennt, heute noch nicht mit Wasser in Berührung gebracht und so werde ich jetzt dieses Unterfangen ausprobieren…"

Dann zog er seine Schuhe und Socken aus, nachdem er einen Stein nahe dem Wasser gefunden hatte, wo er Platz nehmen konnte, um seine Füße dem kalten Nass auszusetzen.

„Alter Schwede! Lausig kalt, die Brühe!" schimpfte er und sah zu, dass er die Füße wieder herausbekam.

„Nur was für Kneipp Anhänger," meinte Philipp trocken.

„Hat jemand ein Handtuch dabei?" fragte Hans.

„Ja, auch wasch deine „Schweißmauken" erst ordentlich," meinte Peter mit einem Grinsen.

„Sehr witzig, haha, ich lach später," antwortete er.

Nachdem Hans seine Füße wieder trocken hatte, die Socken und Schuhe wieder angezogen waren, fragte Johann die Freunde: „Was jetzt? Brotzeit machen? Der Platz hier ist ideal, es gibt genug Steine zum niederhocken, keine Mücken da und die Sonne brennt uns auf den Pelz. Herrlich!"

„Ich möchte noch einmal auf Sir David zurückkommen. Denke ich an ihn, fällt mir automatisch Theo Lingen ein. Er hat meiner Meinung nach, den Lord damals sehr gut gespielt."

Johann hatte das in den Raum gestellt und wartete auf eine Antwort.

„In welchem Film bzw. Filmen war das denn, Papa?" fragte Philipp.

„Nun, dass war in den Filmen „Die Sklavenkarawane" und „der Löwe von Babylon". Viktor Staal spielte meiner Meinung nach den Kara Ben Nemsi sehr gut und Georg Thomalla auch einen pfiffigen Hadschi Halef Omar. Das war noch vor meiner Geburt im Jahre 1958. Aber einige von euch waren da bestimmt schon auf der Welt."

„In der Tat! So ist es!" Hans nickte zustimmend.

„Beim „Löwen von Babylon", aus dem Jahre 1958, spielte allerdings Helmuth Schneider unseren Freund Kara. Das fand ich auch sehr gelungen. Georg Thomalla brillierte auch hier, wie Theo Lingen als spleeniger Lord!"

„Was du alles weißt, Johann," meinte Peter und nickte anerkennend.

„Ach, ist nur Hobby! Ich weiß auch bei den 70er Jahren fast alle Charts und wann welches Lied rauskam, Interpret, Jahr des

Erfolges... Jeder hat doch so sein Steckenpferd. Karl May ist das andere..."

„Solch ich euch mal sagen, wie das manchmal nervt, Leute?" meinte Philipp dann. „Kaum kommt ein Lied von früher im Radio, sagt Papa den Interpreten und das Jahr. Manchmal erzählt er dann auch noch die Erlebnisse, die er damit verbindet. Genauso mit Karl May. Da zählt er dann auch einiges auf..."

„Also ist er ein wandelndes Lexikon. Fürwahr!" Fred sagte das mit Ehrfurcht.

„Aber nur Fachbezogen," meinte Philipp. „Was Papa nicht interessiert, dass merkt er sich auch nicht."

Johann schaute seinen Sohn an. „Gut auf den Punkt gebracht, mein Sohn!"

„Was haltet ihr denn von der 26 teiligen Serie „Kara Ben Nemsi Effendi?" fragte Johann dann.

„Sie war super! Ich habe sie als Kauf DVD zu Hause," sagte Hans.

Die Anwesenden nickten.

„Ferdy Mayne, den ich ja seit dem Vampirfilm „Tanz der Vampire" irgendwie mag, spielte da den Sir David," warf Fred ein.

„In der Tat! Ich fand alle Schauspieler sehr gelungen in der Serie. Auch Karl-Michael Vogler als Kara Ben Nemsi hatte so was Edles, Erhabenes, aber trotzdem nahm man ihm den Kara ab."

„Wie fandet ihr „Ekel Alfred" als Hadschi Halef Omar?" fragte
Peter dann.

„Klasse! Ein super Schauspieler!" Charley nickte.

„Die waren alle super! Auch einer meiner Lieblingsschauspieler
für zwielichtige Rollen, Herbert Fleischmann, brillierte da als
Mütesselim, meiner Meinung nach," sagte Johann dann.

„Und die Musik war wieder einmal von Martin Böttcher," sagte
Fred. „Ohne ihn wären die Karl May Filme nie so erfolgreich
geworden."

„Ich denke, bei den Karl May Filmen war es ein geniales
Gesamtkonzept. Pierre Brice und Lex Barker, einerseits beide
Schönlinge für die Frauenwelt, dann Schurken, wie Mario
Adolf, der den Santer spielte, Rik Battaglia war auch super, wie
ich finde, dann schöne Frauen wie Uschi Glas, Marie Versini
oder Karin Dor, etwas Witz und Charme durch Heinz Erhardt
oder Eddie Arndt, die grandiose Kulisse in dem früheren
Jugoslawien, die wunderschöne Filmmusik und das sozusagen
ausgehungerte Publikum der Nachkriegszeit. Mitten in der
Wirtschaftswunder-Zeit, wo sich alles um Arbeit und Freizeit
drehte, kamen dann in Farbe diese gigantischen Karl May
Verfilmungen auf die deutsche Leinwand! Ich weiß noch, dass
ich als Köttel am Sonntagvormittag mit meinen Freunden die
Filme in der Jugendvorstellung im Kino sehen durfte! Karl May
ist ein Volks-Erzähler gewesen und schrieb so spannend und
detailgetreu, dass man ja an seinen Lippen hängen musste. Ich
hab oft einen dieser 500 Seiten Wälzer aus dem Karl May
Verlag in Bamberg an einem Tag ausgelesen! Viele der 74
Bände, die ich damals gelesen hatte, habe ich, wie gesagt, an
einem Tag regelrecht verschlungen..."

„Das war ja ein halber Vortrag, Herr Professor," witzelte Fred herum.

„Wie bist du denn an all die Bücher gekommen?" fragte Charley.

„Meine Eltern hatten kein Geld, mir dauernd Bücher zu kaufen, da ich im wahrsten Sinne des Wortes eine Leseratte war. Also bekam ich eine Jahreskarte für die Stadtbücherei und holte mir nach und nach alle Karl May Bücher, die da waren und verschlang sie regelrecht. Ich nahm oft 5 oder 6 Bücher auf einmal mit und in den Ferien bis zu zehn Stück. Das war die Höchstzahl an Büchern, die man ausleihen konnte. Ich war ja nicht der Einzige Karl May Leser. Wenn gerade nichts da war, was ich noch nicht gelesen hatte, nahm ich mir andere Literatur vor. James Fenimore Cooper war bald ausgelesen, genau wie die Jugendbücher von Enid Blyton. Meine Schwester las immer „Hanni und Nanni". Die las ich auch, aber nur, wenn ich nichts anderes hatte. Durch die hatte ich aber die Sehnsucht, ins Internat zu wollen, aber meine Eltern lehnten es ab. Es war zu teuer. Durch Karl May kam die Sehnsucht, in warme Länder zu reisen und jetzt seht ihr ja, was daraus geworden ist: Eine Überwinterer-Familie im sonnigen Süden – natürlich auch bedingt, dass unsere Kinder hier keine Krankheiten haben."

„Bist du jetzt fertig?" fragte Fred.

Johann nickte.

„Ich möchte auch gerne eine Geschichte zum Besten geben, die mit Karl May zu tun hat. Ich musste immer um 20 Uhr abends ins Bett. Auch im Sommer! Ihr könnt euch vorstellen, dass mir das ganz und gar nicht gefiel. Also kaufte ich mir von meinem Taschengeld immer Batterien für meine Taschenlampe, denn ich las sehr viel unter der Bettdecke, da das Licht ja ausbleiben musste. Ich hörte immer schon früh genug, wenn meine Eltern abends noch mal in mein Zimmer kamen, um zu schauen, ob ich schlief und knipste sofort die Taschenlampe aus. Das war ein teurer Spaß mit den Batterien, aber so konnte ich oft bis zehn Uhr abends noch lesen."

„Ja, lieber Fred, ich las auch oft unter der Decke, aber nur im Winter," meinte Peter.

„Hattet ihr früher nicht auch das Gefühl, dass Dr. Karl Sternau auch Karl May war?" fragte Hans.

„Ja, ich schon. Er hatte auch einen Henry-Stutzen und einen Bärentöter. Und als „sexy Lexy", wie ihn die Frauenwelt nannte, weil er so gut aussah, noch die Hauptrolle spielte, war mir klar, Karl May sah sich selber auch als Karl Sternau."

„Du meinst die Filme „Der Schatz der Azteken" und die „Pyramide des Sonnengottes", richtig?" fragte Peter.

„Jepp! Rik Battaglia war auch wieder super und Ralf Wolter, unser allseits geliebter Hadschi Halef Omar, glänzt hier ja als Andreas Hasenpfeffer. Herrlich fand ich das! Ja ja, dass „Waldröschen" ist schon super spannend!"

„Johann, kannst du mir mal auf die Sprünge helfen: In einem der Heimatgeschichten gibt es doch die Geschichte der Rose von Ernstthal."

Hans sah ihn an.

„Ja, du meinst die Geschichte der Auguste. Das war wirklich sehr dramatisch. Beim Lesen bekam man regelrecht Wut auf den „Blauweißen", wie man den Junker von Bredenow, nannte. Wegen ihm erblindete Auguste zuerst und nach dramatischem Finale konnte sie gerettet werden. Bei Karl May ist es oft sehr dramatisch und die Spitzbuben kriegen ihre gerechte Strafe. Er hat meiner Meinung nach sehr vieles, was ihm selber widerfahren ist, in seine Romane eingebaut. Er sah sich selber immer als guten Mann an, der durch eine unglückliche Verkettung der Ereignisse oder Schicksale, vieles erleiden und durchleben musste."

„Wohl wahr! Gut gesprochen," meinte Fred und nickte anerkennend.

„Ich persönlich bin ein großer Fan der Reihe „Der Weg zum Glück"! Wenn unser geliebter „Kini" mitspielt, also unser Märchenkönig Ludwig II., dann bin ich ganz Feuer und Flamme!" Peter strahlte über das ganze Gesicht, als er das sagte.

„Du bist Bayer?" fragte Fred.

„Jo, freili, i konn a beirisch redn, wenn I wui, oba moistens red I hochdeitsch, domit mon mi versteht, host mi," sagte Peter und grinste.

„Ja, die Geschichten mit Ludwig, dem Wurzelsepp, dem Peitschenmüller, der Mührenleni, dem Krikelanton und dem Fex… Ja, das hat mich unbandig interessiert!" Peter schaute alle an.

„Unser Kini ist halt unser Kini. Basta!"

„Ja, der Wurzelsepp oder „Wurznsepp", wie er auch genannt wurde, hat mich auch fasziniert! Geschichten im Wald, in Höhlen, Schmuggeleien und dergleichen, haben mir immer narrisch gut gefallen," sagte jetzt Johann, der aus dem Allgäu kam.

„Bist ein Allgäuer, Johann?"

Der Angesprochene nickte und meinte: „Philipp ist auch im berühmten Kurort Bad Grönenbach geboren. Eine Hausgeburt! Es schneite unbandig und die Hebamme kam gerade rechtzeitig, so dass ich die Geburt nicht alleine machen musste. Wenn ich euch die Geschichte erzählen würde, könnte man fast denken, sie hätte unser Freund Karl May nicht besser niederschreiben können…"

Alle lachten!

„Was habt ihr denn so gelesen, wenn gerade kein Karl May Buch greifbar war?" fragte Hans in die Runde.

„Robert Louis Stevenson, mochte ich auch gerne lesen," sagte Hans dann. „Er hatte auch so war Spannendes an sich."

„Ich hab dann meine Karl May Bücher das zweite und dritte Mal gelesen," antwortete Peter. „Da findet man Dinge, die man überlesen hat."

„Also ich hab gemerkt, dass man Bücher vom Karl, nach Jahren wieder gelesen, anders auf einen wirken, als sie es taten, als man noch Schulbub war…"

„Das ist wahr, Johann, in der Tat!"

„Ich hab auch eine besondere Affinität zu bestimmten Volksliedern," meinte Johann.

„Ach wegen deinem Nachnamen Hohetann?" fragte Fred neugierig.

„Auch, bestimmt… Das Lied „Hohe Tannen" kenne ich in vielen verschiedenen Versionen, wie du dir denken kannst."

„Wenn Karl May wieder dichtet oder Lieder geschrieben hat, wie dieses wundervolle „Ave Maria", dann geht mir, wie man so sprichwörtlich sagt, „das Herz auf", dann finde ich Frieden in mir und meinem Umfeld," meinte Fred.

„Mir geht es ebenso," meinte Johann dann. „Auch ich mag dieses „Ave Maria" vom Karl sehr und man spürt, dass er eine große und tiefe Gläubigkeit in sich trägt. Wenn ihr möchtet, kann ich ja mal meine Gedanken zu seiner tiefen Gläubigkeit mit euch teilen, denn auch Philipp, meine Frau Vicky, unsere Tochter Alexandra und ich sind sehr gläubig und gottesfürchtige Christen. Wenn ich dann bei Karl May bestimmte Dinge in dieser Richtung gelesen habe, wurde mir immer warm ums Herz, dass könnt ihr euch sicherlich vorstellen!"

„Ja, schildere es ruhig! Etwas Besinnlichkeit kann nicht schaden! Wir sind ja in der Adventszeit und du kannst ja durch deine Erzählung symbolisch geistige Kerzen hier entzünden," meinte Fred und nickte dann.

„Nun gut! Ihr werdet alle das Buch „Weihnacht" bzw. „Weihnacht im wilden Westen" kennen und es vielleicht auch gelesen haben.

Es gibt aber auch eine, Meiner Meinung nach, sehr gelungene Hörspielfassung, Freund!

Old Shatterhand, der allseits bekannte Ich-Erzähler, also Karl May, erzählt aus seiner Jugend, als er noch Sappho war und zusammen mit seinem Jugendfreund Carpio, der mir irgendwie auch immer beim Lesen sehr nahe war, lernen sie die Auswandererfamilie Hiller kennen und helfen ihnen in einer Notsituation. Natürlich braucht die Handlung auch eine gewisse Spannung, und wie wir es von Karl May natürlich gewohnt sind, trifft Old Shatterhand viele Jahre später, jetzt ein berühmter Westmann, die alte Frau Hiller, aus der Auswandererfamilie wieder. Nach altbewährter Karl May Tradition ist unser Held natürlich bereit, zusammen mit seinem engsten Freund und Blutsbruder nach dem verschollenen Mann der Frau Hiller zu suchen. Wen trifft er dann im wilden Westen wieder? Richtig: Schul- und Jugendfreund Carpio. Dieser ist aber nun schwer krank, dem Tode nahe und wird von Schurken gefangen gehalten…"

Da unterbrach ihn Fred.

„Johann, du hast so eine sanfte Form der Erzählung. Warum erzählst du diese Geschichte nur so knapp und kurz zusammengefasst?"

„Wenn ihr die Langfassung hören wollt, dauert das drei Stunden, mindestens."

„Ich verstehe," meinte Fred.

„Gut, also weiter. Ich fasse mich kurz, keine Sorge! Zunächst gibt es wieder Kämpfe mit Indianern. Da sind die Blutindianer und die Krähenindianer. Der Pelztierjäger Hiller, der vermisst war, ist Old Shatterhand feindlich gesinnt und voller Verbitterung und kann dem tiefen Glauben, den Old Shatterhand in sich trägt, nichts abgewinnen.

Zum Schluss gewinnen natürlich die Freunde und der arme Carpio stirbt an Weihnachten und Hiller findet zum Glauben zurück und es wird ein schönes Weihnachten gefeiert.

Was mich aber sehr bewegte, war das Weihnachtsgedicht, welches Karl May damals schrieb und im Buch auch zelebriert wurde. Ich kann es leider nicht auswendig, aber ich würde es heute auch nicht zelebrieren, da es ja noch ein paar Tage dauert, bis Weihnachten ist."

Die Freunde schauten sich an.

„Ich fand die Kurzfassung sehr schön," meinte Philipp. „Ich habs nicht gelesen und so einen kleinen Eindruck bekommen. In meinem Alter lesen die Leute kaum noch Bücher. Entweder hört man sich das Hörbuch oder die Hörspielfassung an - oder schaut sich gleich die Verfilmung an. Das Leben ist heute dermaßen schnelllebig, dass die jungen Leute keinen Bock haben, ein Buch stundenlang zu lesen. Lieber sitzen sie vor ihren Konsolen oder machen mit ihrem Handy irgendwelche Spiele oder sonstigen sozialen Aktivitäten. Ihr merkt schon, ich spreche bewusst so, dass ihr es auch versteht. Ich mag den Jugendslang auch nicht, kann ihn aber im Notfall."

„Wow!" Johann schaute seinen Sohn an.

„Soviel hast du schon lange nicht mehr zusammenhängend gesprochen," meinte er.

„Hin und wieder kommt das auch mal vor," sagte er und meinte: „Ich hab alles mitgeschnitten, was bisher gesagt wurde. Vieles Audio, aber einiges auch auf Video."

„Heißt das…?" wollte Johann gerade sagen, aber Philipp antwortete schon: „Genau Papa, du kriegst reichlich Material für Film, Buch oder was immer du daraus machen möchtest."

„Denn man tau," sagte Tobias.

Die Gruppe erhob sich. Sie hatten lange genug gesessen und wollten jetzt weiterwandern.

Etwa 15 Minuten waren sie schweigend gelaufen, während dessen Philipp Impressionen der Natur fotografierte oder auf Video festhielt, als Fred plötzlich „Stopp!" rief.

„Schaut mal da vorne, Kameraden," sagte er aufgeregt!

Vor ihnen lag ein umgestürzter Baum. Er lag so, dass man über die Rambla, so wird ein trockenes Flussbett genannt, auf die andere Seite balancieren konnte.

„Na, wer traut sich dort rüber zu dackeln?" meinte Johann und grinste.

„Du schon, oder?"

Freilich, Fred," sagte Johann. „Philipp natürlich auch."

„Klar, Papa. Kein Thema!"

Die Männer schauten es sich jetzt genauer an. So einfach, wie es zuerst schien, war es aber nicht.

„Bestimmt ein ideales Versteck für einen Geocache," meinte Johann. „Philipp, schaust du mal nach, ob hier was ist?"

Philipp nickte und holte sein „Etrex" Geocache Gerät heraus.

Wenige Minuten später sagte er: „Du hattest recht mit deiner Eingebung, Papa. Da hinten liegt irgendwo ein T4. Also nicht so einfach."

„Wollt ihr jetzt geocachen, Leute?" fragte Hans.

„Na komm, alter Mann, ein bisschen Abenteuer darf doch auch sein. Meinst du, Karl May hätte nicht auch Gefallen daran gehabt? Ich denke schon!"

Hans grummelte. „Wer ist hier ein alter Mann, he?"

„War doch nur Spaß von Papa," sagte Philipp. „Der sagt auch zu Alexandra „alte Frau" oder „Oma", wenn sie so daher schlurft. Der meint das nicht böse. Eher als Antrieb, was zu tun."

Dann lachte er und seine Zähne funkelten.

„Ist schon gut! Bin ja auch schon 67 Lenze, mein Junge," meinte Hans.

„Ebenso wie ich," sagte jetzt Fred.

„Ich bin 64," meinte Peter.

„Ich bin dann wohl mit 68 der Älteste hier, oder?" warf Tobias ein.

„Und du Charley?" fragte Fred.

„Ich bin…keine Ahnung… ich zähl meine Burzeltage nicht mehr…. „

„Du willst es also nicht sagen?" „Das auch."

„Naja, dem optischen Eindruck nach würde ich dich irgendwo zwischen 60 und 70 grob einnorden,“ meinte Hans und lachte.

„Wenn du meinst, Amigo,“ antwortete der Gefragte und dann war das Thema erledigt.

Philipp hatte die Koordinaten, die grob vorgegeben waren, in sein Geocaching Gerät eingegeben.

„Es sind etwa 20 Meter über den Baum auf die andere Seite. Willst du mit, Papa, oder soll ich alleine suchen?“

„Klar komm ich mit! Das lass ich mir doch nicht entgehen...“

Die beiden Hohetanns gingen nacheinander über den etwas wackeligen Baum und kamen gut auf der anderen Seite an.

Fred ging ihnen nach und da geschah das Missgeschick!

Er verlor das Gleichgewicht, rutschte ab und plumpste mit einem Schrei ins kühle Nass, des doch hier leicht plätschernden Baches. Solche Wasserstellen sind in der größten Wüste Europas sehr selten und deshalb auch Plätze, die gerne von Forschern aufgesucht werden. Doch heute war außer den sieben Männern niemand in der Nähe.

Philipp hatte schon den Cache gefunden und begann ihn zu loggen, als er den Schrei von Fred hörte.

„Ich schau nach ihm, Philipp. Logg du ruhig den Cache für uns beide und komm dann nach,“ sagte Johann und wartete keine Reaktion seines Sohnes ab und drehte sich schon um, da er vermutete, dass das Missgeschick direkt hinter ihm passiert war.

„So ein Mist!“ schimpfte Freed.

„Was gebrochen?" rief Hans ihm zu.

„Weiß nicht."

„Ich komme runter zu dir, Moment," rief ihm Johann zu und machte sich schon daran, sich am Baum nach unten gleiten zu lassen.

Johann landete mit einem Platscher in dem seichten Bett des Rinnsals und sagte zu Fred: „Soll ich dir aufhelfen?"

„Ja, wir versuchen es."

Vorsichtig versuchte Johann, den sehr schweren Mann hochzuziehen."

„Was wiegst du denn, alter Schwede…" meinte Johann. „105 kg in etwa," sagte der Angesprochene.

„Dann bist du 23 kg schwerer als ich und Philipp mit seinen knapp 60 kg wird dich auch nicht hochziehen können."

„Und wir beide zusammen, Papa?" sagte jetzt Philipp, der hinter Johann stand.

„Probieren wir es!"

Gemeinsam schafften sie es, den schweren Camper auf die Beine zu stellen.

Es war nichts gebrochen und nach etwa einer gefühlten Viertelstunde standen alle drei wieder an der Ausgangsposition.

„Hätten wir das mit dem Geocaching gelassen, wäre es nicht passiert," meinte Fred.

„Du musstest uns ja nicht nachlaufen," sagte Johann dann und die anderen Camper nickten.

„Das Wichtigste ist doch, dass nichts Schlimmes passiert ist. Da fällt mir eine schöne Anekdote von Karl May ein. Soll ich sie erzählen?" fragte Peter.

„Gerne!"

„Erinnert ihr euch noch an Wanda?"

Die meisten nickten.

„Willst du auf die Ballonfahrt hinaus?" fragte ihn Fred.

„Auch. Ich erzähle mal. Also: Wanda war eine hübsche junge Frau und unser Hauptakteur, von dem ich rede, ist Emil Winter. Ja, genau der, welcher als Schornsteinfeger damals drei Menschen aus dem Feuer gerettet hat. Er liebt Wanda und Wanda später auch ihn. Aber der Clou war eigentlich diese aufregende Geschichte in diesem Heißluftballon. Ich bekam damals ein Jugendlicher richtig zittrige Knie und konnte nicht aufhören zu lesen. Wie Johann schon sagte, hatte Karl May ein Faible dafür, seine Hauptcharaktere immer Erstaunliches leisten zu lassen. Emil lernt autodidaktisch dichten und komponieren, wenn ich das noch richtig im Kopf habe. Er musste die Schule abbrechen. Immer wieder kommt das Thema Armut und die bösen Männer vor, die dem Hauptakteur das Leben schwer machen..."

„Ich habe ne lustige Idee, Leute," meinte Charley.

„Wir können ja mal versuchen, einige Frauenrollen aus unseren grauen Zellen rauszuholen und dann überlegen, aus welchen Büchern sie sind bzw. in welchen Büchern sie mitspielen. Zuerst wir und erst dann Johann, sonst weiß er immer alles.“

Johann nickte.

„Gut, ich werf` dann den ersten weiblichen Namen in den Raum: Therese Seidelmann.“

Peter grinste!

„Das weiß ich! Das ist die Mutter von Fritz Seidelmann, aus „der verlorne Sohn“.

„Stimmt zwar, aber er ist auch der Sohn von Arndt im Film „Das Buschgespenst,“ meinte Johann ergänzend.

„Er nu wieder,“ sagte Fred und lächelte.

„Der Zweiteiler war super! Meine Mama hat ihn mir damals auf Video aufgenommen. Er lief zuerst nur im DDR-Fernsehen, kam aber nach der Wende auf bei uns im TV,“ meinte Johann.

„Ich schaue hin und wieder gerne Abenteuerserien im TV oder neuerdings auf DVD. Ich fand den Rolf Ludwig als Arndt brillant. Es gibt wirklich gute Filme oder Serien von und zu Karl May Büchern oder Zyklen.“

„Der Stülpner Rebell“ oder so ähnlich mit Manfred Krug war auch allererste Sahne im DDR-Fernsehen. Ich hab ihn auf DVD gesehen. Erinnerte mich auch stark an bestimmte Themen von Karl May.“

„Und auch an Robin Hood oder den Schinderhannes,“ meinte Fred ergänzend.

„Ich sehe schon, Abenteuer in heimischen Gefilden stehen bei euch hier hoch im Kurs," sagte Peter dann.

„Warum auch nicht? Habt ihr früher keine Bude gebaut oder ein Baumhaus?"

„Ich schon, in der Tat," sagte Johann und nickte dann. „Da gab es dann auch die bösen Buben, die das dann mit Fleiß wieder zerstörten! Wir waren damals richtig wütend darüber, aber auch enttäuscht!"

„Kolma Puschi," sagte Fred und grinste. „Na strengt eure grauen Zellen mal an. Aber Johann bitte noch nicht!"

Nach drei Minuten Stille hob Johann die Hand, wie in der Schule und Fred sagte: „Dann beantworte mal die Frage, Johann."

Der Angesprochene lächelte und meinte: „Diese Figur mochte ich immer gerne! Sie hieß früher Emily Bender und war aus dem Stamm der Moqui. Sie ließ sich taufen, was bei Karl May immer ein wichtiges Thema ist und heiratete den Kaufmann Bender. Eigentlich hieß sie Tehua, fällt mir gerade ein und ich meine mich zu erinnern, dass das Wort so viel wie „Sonne" bedeutet."

Wollen wir noch einen Namen zuordnen? Da vorne stehen schon unsere Autos, Jungs," meinte Charley.

„Apanatschi, die schöne Uschi," haute Fred raus.

„Komm Johann, leg los. Sind noch etwa 200 Meter bis zu den Autos…"

„Also, die schöne Uschi Glas spielte Apanatschi. Der Name ist frei erfunden, wahrscheinlich als Anlehnung an den

Indianernamen Apanatschka. Ihre Mutter war die Kiowa Squaw Mine-yota und ihr Vater der weißhäutige Siedler Mac Haller. Typisch in bester Karl May Filmmanier erbt sie natürlich eine Goldader und wie das bei diesen Filmen so üblich ist, gibt es auch wieder die Schurkenbande, die hinter dem Gold her ist. Götz George, als jugendlicher Draufgänger und Held spielt ihren Freund Jeff und Sam Hawkens, von Ralf Wolter wieder glänzend gespielt, wie ich finde, sind auch wieder mit dabei. Es folgt ein Happy-End. Ich persönlich finde den Film gelungen! Natürlich wenn Pierre und Lexy dabei sind und als Krönung die schöne Uschi, kann ja nichts schiefgehen."

„So, setzen wir uns in die Autos und fahren zurück. Unsere Frauen haben bestimmt schon das leckere Menü, dass sie uns versprochen, fertig." meinte Johann.

Neue Dauercamper:

Als unsere Karl May Fans wieder glücklich den Wohnmobil-Stellplatz „Country & Western Paradise" erreicht hatten, stellten sie fest, dass Paul, der Betreiber, aufgeregt mit den Händen winkend, auf sie zu kam.

„Deine Platz ist weg," sagte er zu Johann.

„Wieso das?"

„In die Siesta-Time is eine andere Mobile arrived und hat deine Platz genommen. Is it a problem for you, my friend?"

Paul mischte oft deutsche und englische Worte, doch die Camper hatten ihn gut verstanden.

„Nein, kein Problem, no problem, Paul," meinte Johann.

„Ich suche mir einen anderen Platz."

Paul bedankte sich mit einer angedeuteten Verbeugung und lächelte dann. Er war wahrscheinlich auch erleichtert, keine Komplikationen auf dem Platz zu haben.

Nach dem ausgiebigen Essen trafen sich unsere Freunde im Saloon.

Ein Mann mit einem freundlichen Blick kam auf die Freunde zu.

„Hörte eben, ich hab euch den Stellplatz weggenommen. War nicht meine Absicht, Mesch´schurs," sagte er und wollte gerade gehen, da sprach ihn Fred an.

„Moment, Fremder! Du sagtest gerade „Mesch´schurs". Bist du ein Indianer- oder Westernfan?" fragte Fred.

Der Angesprochene drehte sich um und antwortete: „Klar, sonst hätten wir uns nicht diesen Platz hier ausgesucht. Wir wollen weiter nach Tabernas, um die Western-Shows dort zu genießen. Mein Sohn aus erster Ehe ist auch extra mitgekommen, da er schon von klein auf Indianer liebte und sich jedes Jahr an Fasching entsprechend verkleidete."

Dabei zeigte er auf einen etwa 20-jährigen jungen Mann mit langen schwarzen Haaren.

„Potzblitz! Ich glaube wir haben unseren Winnetu Darsteller gefunden, Freunde!" Fred war ganz aus dem Häuschen!

„Hä? Ich versteh nicht so ganz…"

Dann baten die Freunde den Mann und auch seinen Sohn zu sich an den Tisch und erklärten abwechselnd, was sie denn so vorhatten.

„Das klingt ja alles schön und gut, Mesch´schurs, aber es gibt einen Haken: Wir sind nur noch 1 Woche in Andalusien, dann geht es wieder Richtung Deutschland."

„Ist der Urlaub zu Ende?" fragte Hans.

„Neeee, das Geld geht langsam zur Neige."

„Wenns mehr nicht ist," meinte Peter. „Ich kann euch den verlängerten Aufenthalt zahlen. Mitessen könnt ihr bei uns. Hauptsache, unser „Projekt: Karl May" klappt!"

„Wie heißt ihr beiden eigentlich, Kollege?" fragte jetzt Hans.

„Ich bin der Hans und mein Sohn heißt Pedro. Er ist Halbspanier. Spricht fließend deutsch, englisch, spanisch und italienisch.“

„Noch´n Hans.“ Fred musste lachen.

„Ich hab noch´n zweiten Vornamen: Karl.“

„Den haben wir auch schon vertreten.“

„Und zu guter Letzt heiß ich auch noch Hubertus, was mir aber sehr peinlich ist…“

„Gut, dann nennen wir dich Hubsi,“ wie man bei uns in Bayern sagt…“

Der Angesprochene erklärte sich bereit, in den nächsten Tagen auf den Namen „Hubsi“ zu hören…

Pedro lächelte, als man ihm erzählte, dass er den berühmten Indianer Häuptling in der Low Budget Produktion spielen sollte und er obendrein noch 300 Euro Taschengeld für seine Mühen bekommen würde.

Seine Familie war damit einverstanden.

Erste Versuche:

Am nächsten Tag hatte Pedro die ersten Sprachversuche unternommen. Er sprach zwar ein gutes Deutsch, hatte aber einen starken spanischen Akzent. Er kannte den Apatschen vom Namen her, aber Bücher von Karl May kannte er natürlich nicht. Johann gab ihm einige Hörspiele, in denen der Apatschenhäuptling dabei war - zum Anhören auf seinen IPod. Philipp hatte vorher alles ins passende Format gewandelt.

Am nächste Tag war Pedro voller Freude und meinte zu Charley: „Winnetu grüßt seinen weißen Bruder, das edle Bleichgesicht, das weit über den großen Strom zu uns gekommen ist, um zusammen mit Winnetu Frieden zu schaffen unter den roten Brüdern. Ich habe gesprochen. Howgh!"

Die Camperfreude waren erstaunt, wie schnell sich Pedro in die Rolle des großen und berühmten Häuptlings hineinversetzt hatte.

Hubsi kam plötzlich voller Freude zu Fred und meinte: „Meine Frau Luise möchte eine kleine Rolle in eurem Film haben, geht das?"

„Wen möchte sie denn spielen?" fragte Fred zurück.

„Mutter Thick!"

„Woher kennt ihr die denn?" fragte Fred jetzt erstaunt.

„Nun, ich hatte früher mal auch ein paar Karl May Bücher, wie die meisten Jungs sie damals hatten."

Fred nickte.

„Ich erinnerte mich, dass ich eine Geschichte las, in der Mutter Thick, eine Wirtin oder so, die sehr resolut war und ein Seemann namens Peter Polter, vorkamen. Nun, Luise könnte Mutter Thick spielen. Sie ist resolut und etwas korpulent, passt doch! Ich mime Peter Polter! Muskeln kann ich auch vorweisen und zur See gefahren bin ich in jungen Jahren auch. Ich war bei der Marine beim Bund!“

Fred trommelte die anderen Camper zusammen und sie wollten es beratschlagen.

Plötzlich meinte Philipp, der jetzt immer dabei war und Audio- und Videoaufnahmen machte, in die Runde: „Und wenn wir so eine typische Mutter Thick und Peter Polter Szene hier im Saloon drehen? Old Shatterhand und Winnetu Darsteller haben wir ja, Papa spielt Old Surehand, Tobi gibt den Sam Hawkens, Hans den Hobble Frank, Fred die Tante Droll und Peter den guten alten Old Firehand. Was haltet ihr davon?“

Die Camperfreunde waren überrascht, aber nicht abgeneigt.

„Wir brauchen passende Kleidung und Gewehre, dann kann eine solche Szene oder ein Kurzfilm hier im Saloon stattfinden, nachdem Johann ein Skript geschrieben hat.“

„Ihr braucht doch den Text nicht komplett zu lernen, Mesch´schurs,“ meinte Fred.

„Wir drehen Szene für Szene und den Text dafür kann man sich doch merken.“

„Wie lange brauchst du für ein Drehbuch, Johann?“ fragte Hubsi.

„Gebt mir drei Tage. In der Zwischenzeit schauen wir nach passendem Outfit und den Waffen."

„Isch habe eine kleine Collection von Holzattrappen von Waffen aus die Zeit der Bürgerkrieg, Civil war, you know?" meinte Paul plötzlich.

„Super! Die können wir bestimmt gebrauchen," freute sich Hans.

„Meine Sohn hat immer noch von die Karnival einige Dinge in seine Zimmer liegen," ergänzte er.

„Prima!" meinte Hans.

„Lasst uns alles zusammensuchen. In spätestens drei Tagen geht's los, Mesch´schurs und Ladies!"

Johann setzte sich mit seinem Sohn in die hinterste Ecke des Saloons und meinte: „Kriegst du das gebacken mit der Filmerei, Philipp?"

Der Angesprochene nickte und meinte: „Ich hab mir schon einige Tutorials angeschaut. Das Internet bietet viel kostenloses Material dazu und es ist alles legal!"

„Johann nickte.

„Kriegst du das mit dem Drehbuch so schnell hin, Papa?"

„Schaun mer mal, mein Sohn..."

Bei Mutter Thick:

Am nächsten Tag wurde einiges an Kleidungsstücken ausprobiert. Paul Deutschendorfer, der Gastgeber, war von der ganzen Situation dermaßen begeistert, dass er fragte, ob er auch eine kleine Rolle bekommen könnte. Johann dachte nach und meinte: „Willst du einen amerikanischen Kapitän namens Frick Turnerstick spielen? Er ist groß, kräftig und trägt Kapitänsuniform."

„Isch habe so eine Uniform da, glaub ich," sagte Paul voller Freude.

„Wir haben einmal vor ein paar Jahren eine Flohmarkt gemacht. Da blieb einiges übrig. Ich schau gleisch mal, okay?"

Johann nickte und Paul verschwand in den großen Schuppen hinter dem Wohnhaus.

Johann trommelte alle zusammen und meinte: „Ich hab heute Nacht nicht viel geschlafen. Bei Karl May gibt es Mutter Thick zweimal. Eine in Holbroken, New York und eine im Süden in Jefferson City. Die letztere hab ich für unsere Szene auserkoren, da es von da nicht mehr weit in den „wilden Westen" ist. Mutter Thick wird von Luise gespielt. Paul möchte gerne mitmachen und er sucht gerade das Kapitängewand..."

Weiter kam er nicht.

„Echt? Frick Turnerstick spielt auch mit? Das ist ja Klasse!" Peter sprang erfreut in die Höhe!

„Ich hab mir gedacht, dass es eine friedliche Szene wird – ohne Rumballerei und Rausschmiss. Solche Sachen können wir dann später in Tabernas drehen.“

Die Freunde nickten.

„Also wird es nur Gespräche und dergleichen geben,“ meinte Fred.

„Jepp!“ sagte Johann.

„Ich hab schon ein ungefähres Konzept. Ich schreib es einmal auf und dann muss es mit dem Drucker ausgedruckt werden.“

„Gut! Ich verzieh mich wieder in Peters Wohnmobil. Da hab ich Ruhe und kann meinen Laptop auch hinstellen und nebenbei Musik zur Entspannung hören.“

„Welche Musik hörst du denn?“ fragte Luise.

„Papa hört überwiegend 70er Jahre Musik,“ fuhr Philipp dazwischen.

„Ja, das stimmt! Momentan habe ich ganze Alben laufen. Gleich höre ich „Solarfire“ von 1973, von Manfred Manns Earthband,“ sagte er schmunzelnd.

Dann stand er auf und ging seiner Aufgabe entgegen.

Die anderen schauten ihm nach.

„Ganz schön schräge Musik ist das,“ meinte Fred. „Ich hab die Vinylscheibe auch noch.“

„Jeder hat halt einen anderen Geschmack. Ich höre lieber Martin Böttcher mit seinen schönen Film-Melodien…“

Am Abend war Johann fertig geworden mit dem Skript.

„Also, ich denke, es dauert doch einige Minuten und Philipp filmt alles und hinterher wird zusammengeschnitten."

Philipp nickte. „Krieg ich hin, Papa," sagte er. „Kein Thema!"

Pedro war bei der Besprechung in dem Winnetu Outfit gekommen, dass er für die Szene tragen wollte.

„Winnetu ist erfreut darüber, dass seine weißen Brüder so eine aufwendige Szene machen möchten und trägt gerne seinen Teil dazu bei. Ich habe gesprochen. Howgh!"

Die Camper schauten sich an und grinsten! Der junge Mann hatte seine Rolle ernst genommen.

Am Abend verteilte Philipp an alle Mitstreiter des Winnetu Projektes das Skript für die Saloon Szene bei Mutter Thick und bat sie, ihre Szenen zu lernen.

Am nächsten Morgen hatten sich alle um 11 Uhr vormittags im Saloon getroffen. Jeder hatte sein passendes Outfit angezogen. Pedro wurde von seiner Mutter noch etwas geschminkt, um dem Erscheinungsbild des Winnetu noch mehr zu ähneln.

Der Saloon war etwas umgeräumt worden und Philipp befestigte die Videokamera auf dem schwenkbaren Stativ. Sie konnten leider nur mit einer Kamera filmen, aber es war auch erst der erste Versuch.

Alle Teilnehmer der Filmszene saßen an einem Tisch, außer Mutter Thick.

Sie stand etwas abseits und wartete auf das vereinbarte Zeichen von Philipp, dass begonnen wurde zu filmen. Die restlichen Benutzer des Wohnmobil Stellplatzes waren eingeweiht und blieben dem Saloon fern.

Philipp gab das Signal, dass er filmte und Mutter Thick ging auf den Tisch zu und sagte: „Well, Gents, ich bin hocherfreut, so viele berühmte Westmänner zusammen in meinem bescheidenen Haus hier begrüßen und bewirten zu können."

„Mutter Thick, es ist immer wieder eine Freude, euch an meine Brust zu drücken. Ich bin zwar kein Westmann, aber ich bin euer, von euch geschätzter Peter Polter, Bootsmann…"

Weiter kam er nicht, denn Frick Turnerstick fuhr dazwischen, wie es im Skript stand. „Potzblitz! Alter Seebär! Ich freue mich auch, Mutter Thick zu sehen. Kennt ihr mich auch noch, alte Fregatte?"

Mutter Frick steckte bei diesem Ausdruck ihre Hände in die Hüfte und schimpfte: „Frick Turnerstick! Und wenn ihr hundert Mal ein Kapitän seid. So spricht man doch nicht mit Mutter Thick. Na wartet, ihr werdet noch euer blaues Wunder erleben!"

Alle mussten jetzt laut Skript lachen.

Der Apatsche wartete einen Moment ab und fragte dann leise seinen Blutsbruder Old Shatterhand: „Mein Bruder Scharlih möge Winnetu sagen, wie diese Redensart gemeint ist."

Old Shatterhand sprach leise zurück, aber immer noch laut genug, dass es von der Filmkamera aufgenommen werden konnte.

„Mein Bruder Winnetu möge verstehen, dass das als Liebkosung oder aber auch als eine Bezeichnung für eine Frau zu verstehen ist, die schon die besten Jahre hinter sich hat."

Der Apatsche nickte. Er hatte es verstanden.

Bisher hielten sich alle wunderbar an das Skript.

Plötzlich musste Hobble-Frank nießen.

„God bless you!" sagte Frick Turnerstick und auch die anderen zollten ihm beste Genesungswünsche.

Hobble-Frank hatte gestern extra viele sächsische Ausdrücke gelernt und sagte daher: „Ihr könnt gleich ehns hindor de Gummtleisdn griechn..."

Alle lachten auf! Das war zwar nicht im Skript drin, aber es kam sehr lustig rüber.

Frank grinste und legte noch einen nach: „De weeschn besieschn de hardn."

Old Surehand, alias Johann, sah sich genötigt, einzugreifen. „Werter Hobble-Frank, euer vortrefflicher sächsischer Akzent in allen Ehren, aber er wird hier kaum verstanden. Bitte bedient euch der Sprache, die den Westmännern in diesem Teil der Erde geläufig ist."

„Werde mich bemühn, mein gutster Sir!" sagte Frank und grinste!

Old Shatterhand machte heimlich einen Daumen hoch in Franks Richtung.

„Mesch´schurs, darf ich um die Aufmerksamkeit bitten,“ erbat Old Firehand das Wort.

Die Anwesenden schauten in seine Richtung. Er imitierte dabei Stewart Granger im gleichnamigen Film, der frei nach Karl May gedreht worden war. „Wir wollen morgen zum Silbersee aufbrechen und sollten noch die letzten Vorkehrungen besprechen.“

„Aber erst, verehrter Sir, möchten wir ein deutsches Bier die Kehle hinunterschütten, damit die Kehle auch inwendig spürt, dass nicht nur Wasser durch sie rinnen kann, wenn ich mich nicht irre! Hihihihi!“

Sam Hawkens war in seinem Element! Er spielte seine Rolle super und auch die Lache war vortrefflich.

„Schade, dass die anderen beiden Teile des Kleeblatts, Dick Stone und Will Parker nicht mit uns reiten werden,“ sagte jetzt Old Shatterhand zu Sam Hawkens.

„Sounds! Seid wann, darf ein Greenhorn, das ihr aber nicht mehr seid, verehrter Sir, so mit mir reden? Währet es nicht ihr, hätte ich größte Lust, euch meine gute alte Liddy vor die Nase zu halten, um euch Manieren beizubringen, wenn ich mich nicht irre!

„Schon gut, Sam, es war ja nicht so gemeint. Wo sind die beiden tapferen Westmen?“

„Sie sind vorgeritten und erkunden die Gegend. Wir werden sie morgen an einer vereinbarten Stelle treffen.“

„So, genug geredet,“ meinte Peter Polter, stand auf und drückte Mutter Thick herzlich und hob sie dann in die Höhe.

„Peter Polter, lasst mich sofort herunter! Wollt ihr euch einen Bruch der Organe und Knochen holen, so dass ihr nur noch saft- und kraftlos herumlungern müsstet und nicht mehr die halbe Welt befahren könnt?"

„Ach Mutter Thick! Ihr seid doch nicht schwer! Ich habe schon andere Gewichte gestemmt," sagte er und lächelte süffisant.

„Nein danke, dass will ich gar nicht an mein Ohr heranlassen und die werten Mesch´schurs sicherlich auch nicht…"

„Bringt eine Runde von eurem besten deutschen Bier, Mutter Thick. Unsere Kehlen wollen inwendig befeuchtet werden."

Wer das sagte war niemand anderes als die gute alte Tante Droll. Die Kleidungsstücke für den braven tapferen Westmann wurden gestern Abend noch mit der Hand passend zusammengenäht und es sah sehr westmännisch aus.

„Die Tante Droll wieder," meine Old Firehand und zog seinen Hut vor Begeisterung.

„Gern geschehen, Firehand. Surehand zuliebe spreche ich auch kein sächsisch, aber isch hätt gerne ne scheene Bemme reichlich belegt."

„Er meint etwas Brot und was oben drauf," übersetzte Old Shatterhand.

„Ne Pfanne voll Arbern wär jetzt bomforzschonös!"

Das stand jetzt nicht im Drehbuch, doch Johann verstand etwas sächsisch und meinte: „Es wäre wunderbar, jetzt eine leckere Pfanne voller Bratkartoffeln zu haben."

„Ich auch," meinte Hobble-Frank. „Eiferbibbsch! Ich hab keene mehr zu roochen."

„Hier herrscht Rauchverbot am Tisch, weil unser Häuptling es so möchte," meinte Surehand und der Häuptling der Apatschen nickte.

Mutter Thick hatte tatsächlich für jeden ein Bier eingeschenkt und brachte es an den Tisch. Johann, der kein Alkohol trank, sagte dann: „Ich gebe meine Gerstenschale an meinen treuen Kameraden Sam weiter, denn mich dürstet es nach einem kalten Glas Milch."

Die Anwesenden verzogen angewidert ihr Gesicht!

Es war abgesprochen, dass Johann dann ein Glas Mandeldrink bekam, die er extra in größerer Menge bei einem der deutschen Discounter in Spanien gekauft hatte, da er Veganer war.

„Mesch´schurs, wollen wir alle eine große Pfanne voll Kartoffeln bei Mutter Thick bestellen?" fragte Old Shatterhand.

„Gut, dass ich zwei Helfer in der Küche habe, sonst würde ich den Peter Polter noch zur Kombüsenarbeit einteilen, denn Kartoffeln schälen wird er wohl können, habe ich recht?"

Peter Polter sprang auf und sagte laut: „Es gibt nichts, wovor sich ein deutscher Steuermann fürchtet. Auch nicht vor dem Schälen der leckeren Erdäpfel. Solltet ihr Hilfe brauchen, ist Peter Polter bereit, zu helfen."

Mutter Thick lächelte und nickte.

Der Häuptling erhob das Wort: „Mein Bruder Scharlih und Winnetu haben vor, unsere weißen Freunde und Brüder morgen zu begleiten, denn der Weg zum Silbersee ist voller Gefahren, denn einige verfeindete Indianerstämme können uns den Weg versperren. Es war sehr weise von Sam Hawkens, Dick Stone und Will Parker als Kundschafter vorzuschicken. Winnetu hat gesprochen, Howgh!"

Surehand meinte dann: „Ich habe auch den dicken Jemmy und den langen Davy, zwei berühmte Westmänner, die immer zusammen reiten, ebenfalls auf Erkundung geschickt."

„Well, dann ist es eine Freude, zusammen mit so vielen berühmten Westmännern hier an einem Tische zusammen sitzen zu dürfen," meinte Frick Turnerstick und deutete eine Verbeugung an.

„Der rote Cornel, also Cornel Brinkley, ist mir leider entwischt und es gilt, ihn schnell dingfest zu machen, „sagte Old Firehand.

„Er ist mit seinen Tramps auch auf dem Weg zum Silbersee, aber zusammen mit allen Anwesenden hier, werden wir unser Ziel, vor allem sicher und heil dort anzukommen, erreichen."

Tante Droll, Detektiv und Westmann, meinte dann: „Sir, meiner Spürnase entgeht nüscht."

Als tatsächlich dann jeder eine Portion Bratkartoffeln aus der Küche des Saloons serviert bekam, waren die Anwesenden überrascht!

„Eiferbibbsch! Was'n Kawensmann von Pfanne, meen Gutster!" Frank war begeistert über die riesige Paella-Pfanne, die für die Bratkartoffeln zweckentfremdet wurde.

Das Gelächter war groß! Einen „Kaventsmann" kannte man früher nur in der Seemanns-Sprache und deutete eine große Welle an. Mittlerweile war dieses Wort aber in den allgemeinen deutschen Sprachschatz übergegangen und wurde für alles Große verwendet.

„Bester Sir," sprach Sam Hawkens direkt Old Shatterhand an. „Es juckt mir unter der falschen Mütze, dass ich jetzt nicht offen mit euch sprechen kann."

„Warum denn nicht, Sam?" antwortete Old Shatterhand.

„Weil es nicht für fremde Ohren bestimmt ist."

„Ich lege meine Hand für alle hier ins Feuer," sagte Old Shatterhand.

„Bester Sir, ich meine ja auch nicht die Mesch'schurs hier am runden Tisch. Könnt ihr mir versichern, dass die Wände keinen Ohren haben, wenn ich mich nicht irre?"

Old Shatterhand nickte.

„Gut, wir treffen uns in einigen Minuten draußen an dem dicken Baume etwa 50 Meter vor dem Haus. Ich kann schnell erkunden, ob nicht jemand im Baume sitzt, um uns zu belauschen."

Sam nickte.

Auch dieses Gespräch war in dem Skript vorgesehen. Das Gespräch allerdings, welches Charley und Sam draußen führen sollten, war nicht Teil des Skripts gewesen.

Charley und Sam standen auf und gingen hinaus.

Firehand schaute in die Runde und sagte dann: „Sam und Shatterhand haben etwas zu bereden."

Der Häuptling nickte bestätigend.

Hobble-Frank, der genüsslich seine Portion der Bratkartoffeln aß, meinte dann: „Der Magen muss gefüllt werden."

Peter Polter schaute jetzt zum Kapitän Frick Turnerstick und sagte: „Es muss nicht immer Fisch sein."

Turnerstick nickte ihm mit vollem Mund zu.

Winnetu, der normalerweise keine Kartoffeln aß, schaute ringsum und meinte dann: „Winnetu hat das Gefühl, dass diese Erdäpfel gar ein köstliches Mahl für meine weiße Brüder sind. Nun gut, Winnetu wird auch einmal diese Form der Zubereitung kosten."

Dann ergriff er eine Gabel und schob sich eine kleine Portion der Bratkartoffeln auf den Teller, der vor ihm stand.

Es gab dafür kein Skript und er musste improvisieren.

„Uff! Uff!" sagte er erstaunt! „Welch Explosion in Winnetus Mund! Kann es sein, dass Mutter Thick einiges an Gewürzen hinzugegeben hat?"

Mutter Thick musste auch improvisieren und sagte dann:

„Wenn ein so berühmter Häuptling meine Erdäpfel gegessen hat und sie ihm gemundet haben, ist das eine Freude für mich. Macht ruhig Werbung, für meine Wirtsstätte, Master Winnetu," sagte sie.

Philipp staunte, wie gut die Camperfreunde hier improvisierten.

Draußen unterhielten sich die beiden Camper: „In einigen Minuten gehen wir wieder rein und drehen zu Ende."

Johann nickte!

„Seht ihr, Sir," sagte Sam, als die beiden wieder im Saloon waren und meinte: „es ist immer wieder eine Freude, fast alle berühmten Waldläufer und Westmänner hier zusammen zu treffen, wenn ich mich nicht irre!"

„Wir sollten bald unsere Bettstatt aufsuchen," meinte Old Firehand. „Morgen bei Sonnenaufgang werden wir weiterreiten."

„Mutter Thick!" rief Tante Droll.

„Was sind wir euch schuldig?"

Mutter Thick stemmte die Hände in die Hüften und sagte: „Wollt ihr mich beleidigen? Wenn ich schon einmal die Möglichkeit habe, so berühmte Westmänner wie euch hier zu bewirten, werde ich nicht mehr Mutter Thick heißen wollen, wenn ich auch nur eine Münze als Bezahlung annehmen würde. Ihr seid heute meine Gäste und was die Übernachtung betrifft, ebenfalls. Eine bessere Werbung als ihr, Gents, kann ich gar nicht haben. Es wird sich wie ein Lauffeuer herumsprechen, wer heute alles Gast bei Mutter Thick war und die Kunde darüber, wird sich an den Lagerfeuern verbreiten und viele brave Leute werden den Weg nach Jefferson City finden, um auch hier zu verweilen oder zu hören, was die berühmtesten Westmänner so alles gegessen, getrunken und geredet haben."

„Haltet ein, Mutter Thick, haltet ein!" Old Firehand war aufgestanden. „Bitte haltet an euch und zwar so lange, bis wir einen Kundschafter zu euch schicken. Es ist Gefahr im Anzug und es sollte noch nicht herausposauniert werden, dass wir alle hier zusammen sind."

„Gut, wenn ihr meint," sagte Mutter Thick und ihr Kinn rutschte nach unten.

„Aber eines Tages werde ich es erzählen, so war ich Mutter Thick bin!"

Dann lächelte sie und drehte sich und ging Richtung Küche.

„Die gute alte Mutter Thick wollte es schon der ganzen Welt ausposaunen, dass hier viele tapfere Westmänner und ein berühmter Häuptling zusammen sind, um für Gerechtigkeit zu sorgen," meinte Old Surehand.

„Lasst uns die Furzmolle aufsuchen, Mesch´schurs," meinte Hobble-Frank.

„Das ist sächsisch für Bett," meinte Old Shatterhand und alle erhoben sich.

Johann deutete Philipp an, dass er jetzt stoppen könnte.

Philipp tat wie geheißen, doch danach filmte er weiter. „Background Material!"

„Und? Wie fandet ihr es?" fragte Fred in die Runde.

„Absolut bomforzschonös!" rief Hobble-Frank und lachte!

„Das Wort hat es dir angetan, oder?" fragte ihn Hans.

„Logisch!" Alle begannen zu lachen!

Nachbesprechung:

Am Abend setzten sich alle „Schauspieler" zu einer Nachbetrachtung zusammen. Es mussten zwei andere Tische zusammengeschoben werden, damit alle Mitwirkenden Platz hatten.

„Vorab," sagte Johann. „Es hat viel besser funktioniert, als ich es mir in meinen kühnsten Träumen vorgestellt hatte, Respekt!"

„Geht mir genau so, Leute," meinte Fred.

Pedro, der sein Indianer Gewand gegen seine normalen Kleidungsstücke auch getauscht hatte meinte grinsend: „Winnetu hat neue Freunde gefunden. Howgh!"

Wieder gab es großes Gelächter und Fred klopfte ihm anerkennend auf die Schulter.

„Jetzt können wir unser Projekt wirklich „Projekt: Karl May" nennen, denn der gute Pedro ist ein Naturtalent."

„Ich werde mir einige Hörbücher besorgen," sagte Pedro. „Ich habe jetzt Freude daran, dieses zu hören."

„Lasst uns doch jetzt besprechen, wie es auf jeden von uns gewirkt hat." Fred hatte klar gesprochen!

„Klar, Freddy, machen wir ja. Geduld, Burschi," frotzelte sein Spezi aus alten Kindertagen, der Hans.

Fred schaute ihn an und nickte.

„Ich weiß, Geduld ist eine Tugend!"

„Jepp!" meinte Johann und nickte.

„Ich denke, es gibt zwei Möglichkeiten, was wir mit der Aufnahme machen können: Zuerst einmal das gefilmte Original anzuschauen und Philipp sollte dann mal eine Kopie davon bearbeiten, oder…"

Weiter kam er nicht. Fred fing an zu klatschen und die anderen stiegen danach mit ein.

„Guuuuut!" meinte Johann.

„Ich hab schon drei Sicherheitskopien auf drei verschiedenen Festplatten gespeichert. Wir können das Original schauen. Ich hab es auf einen USB-Stick gespeichert." Philipp grinste dann.

„Paul, hast du einen großen Fernseher?" fragte Hans den Betreiber des Platzes.

„Ja, hab ich. Sollen wir ihn holen?" fragte er Johann.

„Freilich!" Einige Minuten später war der große Flatscreen auf einem der großen Tische aufgestellt. Philipp, der sich am besten mit Technik auskannte, steckte den USB-Stick hinten ein, nahm die Fernbedienung, nachdem der Fernseher an den Strom angeschlossen hatte und stellte es so ein, dass die Camper sehen konnten, was Philipp gefilmt hatte.

„Mesch'schurs," meine Fred und grinste. „Keine Kritik an der Filmerei von Philipp. Er ist auch kein Profi."

„Klar doch!" „Logisch!" „Ist doch selbstredend!" kamen dann als Antwort zurück.

Die Camperfreunde schauten sich in Ruhe an, was Philipp gefilmt hatte. Erstaunlicherweise gab es fast keine Aussetzer. Jeder hatte seinen Text gelernt und an manchen Stellen improvisiert.

„Leute, wir waren Klasse!" Fred entfuhr sofort nach Beendigung des Kurzfilms ein Freudenjubel!

„Wollen wir heute schon schauen, was wir in Tabernas noch machen können?"

Hubsie hob den Arm wie man es aus der Schule gewohnt ist.

Johann sah es und meinte: „Bitte schön, Hubsie, du hast das Wort!"

Alle schmunzelten.

„Ich möchte morgen mit meiner Familie gerne nach Tabernas fahren und mir alles vor Ort anschauen."

„Pass aber auf Pedro auf, Hubsie," meinte Peter.

„Wenn der im Indianer Outfit dort auftritt, engagieren die den glatt dort für ihre Bühnenshows," und dann grinste er schelmisch.

„Naaa, der kommt in nomaler Kleidung mit," meinte Hubsie und grinste auch.

Pedro schaute zu Hubsie. „Winnetu entscheidet selber, welches Gewand er trägt. Ich habe gesprochen! Howgh!"

Wieder hatte er die Schmunzler auf seiner Seite.

Der nächste Tag:

Am nächsten Morgen ging Pedro zu Paul und fragte ihn, wer das denn dort an der Wand war.

„Lex Barker," sagte Paul kurz und knapp.

„Woher hast du den?"

Paul nahm Pedro zur Seite und erklärte ihm in kurzen Worten in seinem deutsch-amerikanischen Mischmasch, dass er ihn zum 50. Geburtstag von den Campern geschenkt bekommen hatte.

Pedro war ganz fasziniert davon!

Paul hatte es dann am Mittag Johann erklärt. Hubsie war mit Familie gegen 11 Uhr vormittags nach Tabernas zur Besichtigung der Westernstädte aufgebrochen.

Johann überlegte, ob man Pedro auch einen Starschnitt schenken sollte, da er so wunderbar, trotz seiner jugendlichen Art, den Winnetu wunderbar als Charakter verinnerlicht.

„Und wenn es ein Geburtstagsgeschenk ist?" fragte Philipp seinen Papa.

„Oder zu Weihnachten?" kam die Gegenfrage.

„Oder so," meinte Philipp.

„Da wär er bestimmt happy!"

„Aber was sollen wir denn den anderen Campern schenken? Es will ja nicht jeder einen Lex Barker Starschnitt in Lebensgröße haben…“

„Wir werden schon noch was finden, denke ich. Was hältst du von einer „Wild West“ Weihnachtsfeier mit Lagerfeuer und einfachem Weihnachtsbaum, Papa?“ fragte Philipp seinen Vater.

„Gute Idee! Aber es muss irgendwo noch vorbereitet werden. Entweder mit allen, so dass es jeder vorher weiß, oder im Geheimen – sozusagen als Überraschung…“

Philipp überlegte!

„Ich finde Gruppenvorbereitung besser, Papa!“

„Gut, fragen wir mal die anderen Camper, was die davon halten.“

„Und was ist mit den vier anderen Campern, die noch hier auf dem Platz sind?“

„Die können ja mitfeiern.“

Johann machte sich auf, diese Idee den anderen Freunden mitzuteilen.

Das Weihnachtsfest „im wilden Westen":

Dieses Weihnachtsfest sollte so sein, dass es niemals wieder vergessen werden sollte.

Philipp kam auf Johann zu und reichte ihm sein Handy.

„Papa, Telefon für dich, Yve ist dran."

Johann ging ein paar Meter zur Seite und sprach in das Mikrofon hinein.

„Ich grüße dich, Yve. Was gibt es denn Neues?" fragte er.

„Johann, ich hab gehört von deinem Sohn, dass ihr Western-Outfits und Zubehör braucht. Damit kann ich dienen. Mein Kumpel und ich haben einen Verleih für den Dreh von Videoclips und Filmen."

„Super! Das hört sich gut an! Habt ihr auch Filmwaffen? Pistolen und Gewehre mit Platzpatronen?"

„Ja, damit kann ich auch dienen. Sogar Bibeln und vieles andere dazu haben wir."

„Spitzenmäßig!"

„Aber warum ich angerufen habe, ist ein anderes Thema. Ihr könnt am 3. Und 4. Januar im Fort Bravo drehen, wenn ihr wollt. Eigentlich waren die Termine vergeben, aber die Tage sind jetzt frei geworden. Möchtet ihr sie haben?"

„Ich sag mal spontan ja,“ meinte Johann.

„Gut! Alles Weitere besprechen wir nach Weihnachten.“

„Moment, Yve, noch eine Frage: Wieviele Filme wurden in der Region Tabernas schon gedreht?“

„So viel ich weiß, sind es über 300 Filme gesehen und jede Menge Videoclips und mehr…“

„Danke schön! Wir wünschen euch eine gute Zeit!“

„Ja, bis nach Weihnachten. Tschüüüüß!“

„Pfiati, Yve!“

Johann ging danach zu den Camperfreunden, um die gute Nachricht weiterzugeben.

Eine Stunde später war Johann wieder sehr aufgeregt!

Morgen war der Heilige Abend und er wollte unbedingt ein weihnachtliches Gedicht noch dichten. Dazu brauchte er aber Zeit.

Fred und Hans hatten sich bereit erklärt, eine Tanne mit Wurzel zu kaufen, die man hinterher in die Erde setzen konnte. Das ewige Bäume abholzen zu Weihnachten war ihnen zu wider. Deshalb entschied man sich für die „Lebend-Baum Variante“. Sollte es keinen Baum mit Wurzel geben, wollten sie einen künstlichen Baum kaufen.

Er sollte nicht mit allerlei Zeug geschmückt werden, denn in ihrer weihnachtlichen Stille wollten sie die Zeit von 1870 in etwa darstellen und im „wilden Westen“ gab es weder Lametta noch Deko. Einzig Äpfel und anderes Naschwerk gab es zu dieser Zeit, dass man hätte benutzen können. Eine große weiße Kerze sollten sie auch mitbringen. Die Krippe, die obligatorisch unter dem Weihnachtsbaum sehr oft liegt, stellte Paul zur Verfügung. Johann fiel dann ein, dass der Weihnachtsbaum eigentlich der Überlieferung nach aus deutschen Landen kam und dann nach und nach seinen Siegeszug in die Welt startete.

Er zog sich in sein Auto zurück, nur mit einem Schreibblock und einen Stift bewaffnet und wollte schauen, ob er ein Gedicht jetzt hinbekam. Sehr oft küsste ihn die Muse an den ungewöhnlichsten Orten und er musste schon mal auf Toilettenpapier Einfälle herniederschreiben, wenn er gerade eine „Sitzung" hielt. Er schmunzelte, als er daran dachte.

„Nun denn, liebe Muse, du darfst mich küssen," dachte er und schloss die Autotür.

Eine knappe Stunde später verließ er das Auto mit einem süffisanten Lächeln.

Das Gedicht hatte sich manifestiert, indem es sich aus seinen Hirnwindungen hinausmanövriert hatte.

Fred und Hans kamen in der Tat mit einem lebendigen Tannenbaum wieder und Fred meinte zu Johann, als dieser neugierig schaute:

„Wir haben für jeden hier auf dem Platz eine Kleinigkeit zu Weihnachten gekauft. Jeder bekommt dasselbe."

Dann grinste er schelmisch.

Johann sagte nichts und nickte nur anerkennend.

Der nächste Morgen war noch einmal gespickt mit allerlei Vorbereitungen. Einige der Frauen wollten Salate machen, Paul und Peter hatten vor, das Grillfest am Abend durchzuführen. Sie sagten aber auch, dass es eine Stunde vor der Bescherung und dem Weihnachtsliedersingen passieren würde, denn dieses war ein Wunsch dreier Frauen und die Männer nickten zustimmend.

Da es um 18.30 Uhr dunkel werden würde, waren die beiden Griller schon um 16 Uhr beschäftigt, alles vorzubereiten.

Um 17 Uhr gab es ein sehr aufwändiges Essen und alle Camper waren eingeladen und trugen auch ihren Teil dazu bei, dass es zur vollsten Zufriedenheit klappte.

Das Lagerfeuer wurde danach entzündet und gab einerseits eine wohlige Wärme ab und andererseits ein heimeliges Feuer.

Als es begann zu dunkeln, meinte Johann dann: „Meine Lieben Camper! Wir sind heute am Heiligen Abend in der inneren Herzensverbindung mit allen Menschen der Welt verbunden. Wir Christen feiern heute die symbolische Geburt unseres Heilandes Jesus Christus und haben uns in stiller Andacht hier zusammengefunden.

Ich habe extra für den heutigen Abend ein Gedicht verfasst, denn es hat mich, wie man so schön sagt, die Muse geküsst."

Johann machte eine Pause und holte den Notizblock hervor, auf dem er sein Weihnachtsgedicht verfasst hatte.

Er war etwas nervös und trank noch einige Schluck aus der Wasserflasche, die er speziell dafür mitgenommen hatte.

„Nun denn, es geht los," sagte er.

Wenn du Christ im Herzen bist,

verbunden mit dem Heiland Jesus Christ.

Jetzt am heil'gen Abend sind wir hier,

versammelt in der ewigen Treu zu dir.

O Heiland, dieser heil'ge Abend,

ist für uns erquickend und labend.

In inniger Liebe mit dir verbunden,

vergehen in Schnelle die vorherigen Stunden.

Wir freuen uns sehr, dass du damals geboren bist,

Du, unser Heiland und Erlöser, Jesus Christ!

Johann hatte Tränen in den Augen, nachdem er das Gedicht in langsamer Weise vorgetragen hatte.

„Großartig, Papa!" sagte Philipp und hatte ebenfalls ein paar Tränchen in den Augen.

„Ja, man merkt, dass du ein tiefgläubiger Mensch bist, Johann," meinte Fred und putzte auch gerade eine Träne der Rührung und Freude weg.

Sie saßen dann noch einige Minuten schweigend und in inniger Freude und Liebe weiterhin um das Lagerfeuer und ließen die Schwingung des Heiligen Abends auf sich wirken.

Fred meinte dann, als alle innerlich wieder im „Hier und Jetzt" waren: „Es gibt für jeden Anwesenden hier ein kleines Weihnachtsgeschenk. Da alle dasselbe bekommen, kann sich jeder ein Geschenk aus dieser Kiste hier herausnehmen."

Dann stellte er einen großen Karton in die Nähe des Lagerfeuers hin und sagte: „Frohe und gesegnete Weihnachten! Möge bald Friede auf Erden überall sein und das sich alle Menschen – egal welche Hautfarbe, Nationalität und Religion – miteinander in Frieden leben können!"

„Amen!" sagte Johann dazu und ergänzte:" So sei es!"

Nach und nach nahm sich jeder der Camper eines der kleinen verpackten Geschenke aus dem Karton.

Philipp war der Erste, der es dann auspackte.

„Ich bin gespannt!"

Was dann zum Vorschein kam, war doch sehr überraschend – auch für den jungen Mann!

Es war ein gerahmtes Bild und in der Mitte waren alle Teilnehmer zu sehen, die auf dem Wohnmobil-Stellplatz zum Gruppenfoto posierten und untendrunter stand: PROJEKT: KARL MAY.

Die vier weiteren Camper, die nicht am Karl May Projekt mitmachen, freute sich trotzdem über dieses wunderbare Andenken.

Paul und Jenny bekamen natürlich auch ein Bild und sie meinten, dass es einen Ehrenplatz im Saloon bekommen sollte.

„Eine wunderschöne Idee, lieber Fred! Wie habt ihr das so schnell hinbekommen?" fragte Johann.

„Im China-Laden gab es genügend Bilderrahmen und das Foto war schnell in entsprechender Menge ausgedruckt. Der Rest war ein Klacks."

Johann war sehr gerührt und meinte noch einmal: „Vielen Dank für dieses wundervolle Geschenk!"

Am nächsten Morgen setzten sich die Camperfreunde noch einmal zusammen.

„Anfang des neuen Jahres werden wir dann unsere Szenen in Tabernas in der Westernstadt drehen," sagte Johann.

„Dann hast du genug Zeit, vorher ein kleines Drehbuch zu schreiben, oder?" fragte Hans.

„Ja, so wird es sein, wenn es so sein darf," meinte Johann und lächelte.

„Ich freue mich schon auf den Rest unseres Low Budget Films…"

Dieses hatte Peter sehr langsam und würdevoll gesagt.

„Wir auch!" stimmten einige der Camper ein.

„Es lebe das Projekt: Karl May!" meinte Tobias und die Freunde nickten und stimmten zu.

E N D E